김영애
에세이

나는
속물이야

도서출판
청어

작가의 말

나는 글밭 가꾸는 농부다. 부지런하지는 않지만 꾸준히 이 일을 하고 있다. 내가 이 길로 들어서게 된 건 참 우연한 일이다. 30년 전 남편의 엄청난 교통사고로 힘든 시기를 보내면서부터다. 새파란 35세의 아이 같은 어른인 나는 머리를 크게 다쳐 백치가 된 남편과 어린 남매의 보호자가 되었다. 내 인생에서 그 구간은 참으로 쓰디쓰고도 혹독했다.

밤낮 칠흑 같은 어둠 속을 눈물 바람으로 헤매던 어느 날, 나는 하루의 일과가 끝난 후 노트를 펴놓고 끄적이기 시작했다. 서럽고, 외롭고, 고통스러운 마음을 그렇게나마 쏟아놓고 싶었다. 고통의 무게가 짓눌러오면 나는 무언가 쓰지 않고는 견딜 수 없어 그때마다 노트를 펼치곤 했다. 그런 극한 상황에서 글쓰기는 내게 숨구멍이었고, 위로였고, 또 다가올 하루를 버티어낼 에너지였다.

만 8년여의 긴긴 어둠이 서서히 걷히고 있었다. 오랜 담금질 끝에 건져 올린 어쭙잖은 글쓰기는, 나를 세상 밖으로 인도하였고 또 내 인생의 터닝포인트가 된 것이다. 나의 글쓰기는 그렇게 시작되었다.

그새 글밭에서 일한 지 어언 25년여의 세월이 흘렀다. 나름 자갈도 고르고 잡풀도 뽑아주지만 여전히 나는 어설픈 농부다.

오래전부터 틈틈이 써 온 글들을 이번에 한 권의 책으로 묶었다. 퇴고와 편집을 하다 보니 고향 바라기 아니랄까 봐 여러 편의 글에서 고향과 부모님에 대한 기억들이 스쳐있다. 어두운 글은 빼버렸지만 상흔이 묻어있는 글도 더러 눈에 띈다. 오래된 글도 몇 편 욱여넣었다.

막상 내 언어로 된 수필집을 세상에 내놓자니 부끄럽기도 하고, 뿌듯하기도 하다. 이 기쁨을 평생 내 그림자로 살아온 작은언니와 사랑하는 딸, 아들, 그리고 새 가족이 된 사위와 함께하고 싶다.

끝으로 독자가 공감할 수 있는, 마음을 적시는 따뜻한 글이었으면 좋겠다.

2023년 가을

김영애

차례

제2장. 인륜지대사

제3장. 행복지수

제4장. 미 동부, 캐나다 여행기

1장

미운 오리 새끼

연어 닮은 여인

시내에 가는 길, 큰 도로 맞은편에서 자전거를 끌고 횡단보도를 건너오는 향순이를 보았다. 잠시 기다리다가 합류했다. 마침 같은 방향이었다. 이런저런 이야기를 나누며 걷는 중에,

"많이 바쁘지? 건물까지 장만하고 대단해."

라고 말했더니,

"이렇게 열심히 사는데 이 정도도 못살면 어떻게 해~"

약간 톤을 높여 조금 행복에 겨운 듯 답하며 향순이는 활짝 웃는다.

그녀는 시내에서 남편과 함께 식당을 운영하고 있다. 함께라고는 하지만 남편은 또 다른 일을 벌여 놓아 혼자서 식당일을 도맡아 하다시피 하고 있다. 일에 시달려서인지 화장기 없는 깡마른 얼굴엔 주름이 많아 자신의 나이보다 조금 더 들어 보였다. 새삼 옛날이 떠오른다.

나보다 몇 살 아래인 그녀와 나는 동향이다. 지금 내가 살고 있는 읍에서 조금 떨어진 면 소재지가 그녀와 내가 유년을 공유했던 어릴 적 공간이다. 150여 호나 되는 시골치곤 꽤 큰 동네였다. 우리 집과 그녀의 집은 동네 이쪽 끝에서 저쪽 끝이었다. 거리상 자주 만나지는 못했지만 작은어머니 댁이 그녀 집 근처라서 또래 사촌하고 놀다가 자연스레 같이 어울리곤 하였다.

당시 어린 나는 그녀의 불행을 알아채지 못했다. 토담 한쪽이 길쪽으로 허물어져 내린 오두막에서 할머니와 위의 언니랑 세 식구가 같이 살고 있다는 생각만 얼핏 했을 뿐. 가끔 집에서 부모님이 그 집에 대해 나누는 이야기를 주워들었지만 어린 내가 알아들을 수 없는 말뿐이었고, 성인이 되어서야 자세히 알게 되었다.

그녀는 외할머니와 당시 청소년인 외삼촌 두 명이 사는 오두막에 언니랑 얹혀살고 있었고, 그런 친정에 그의 어머니는 어린 자매를 버리듯이 내맡긴 채 객지로 떠도는 밤의 여자였던 것이다.

해마다 춘궁기만 되면 먹고 살길이 막막한 그녀의 할머니는 당시 풍족했던 우리 집에 와서 울며 하소연하였다. 안방 아랫목에 나란히 앉아 나지막이 얘기하시는 부모님 목소리와는 달리, 윗목에 앉아 울음 섞인 큰 목소리로 침을 튀며 이야기하시는 괄괄한 성격의 그 할머니가 무서워서 나는 다른 방으로 피한 채 두 귀만 쫑긋 세웠다. 당시 그 할머니의 행동이 너무나 당당해서 부모님이 큰 잘못을 한 줄 알고 잔뜩 겁을 먹은 것이다.

내가 초등학교 저학년 때 자매가 보이지 않는다는 걸 알았다. 사촌을 통해 들은 이야기로는 서울로 돈벌이를 떠났다고 했다. 그 후 그들의 존재조차 까맣게 잊고 살았다. 그녀를 다시 만나기까지는 아마도 40여 년의 세월은 족히 흘렀으리라. 상처와 서러움으로 뒤 범벅일 기억 속 어린 시절임에도 수 없는 세월의 모퉁이를 돌고 돌아 다시 연어처럼 찾아든 걸 보면 조금이나마 고향에 대한 그리움이 남았던 걸까.

내 나이 50을 갓 넘겼을 무렵, 그녀를 다시 만난 건 동네 신경외과였다. 허리가 아파 치료차 외과에 갔다가 물리치료를 받기 위해

2인실 방으로 들어갔다. 맞은편 침대에 누워있는 선이 또렷한 그녀를 보자 옛날의 향순이가 떠오른 것이다. 나는 마음속으로 분명 그녀일 거라 확신하였다. 궁금증 발동으로 참을 수 없던 나는, "내가 실수하는 건지 모르지만 혹시 예전에 ○○에서 살지 않았느냐" 고 운을 뗐다. 맞는다고 했다. 내친김에 다시 물었다. "이름이 향순이 아니냐"고, 역시 맞는다는 대답이 돌아왔다.

깜짝 놀랐다. 그녀가 이곳에서 살고 있었다니…. 길눈 어두운 것은 말할 것도 없고, 외모에 큰 특징이 없으면 안면을 튼 정도의 사람조차 긴가민가 헷갈려 실수 연발인데. 더구나 어릴 적 모습도, 젊음도 가셔버린 세월의 뒤안길에서 그녀를 알아본 것이다.

자주 만나는 사이일수록 할 말이 많다고 했다. 그래서일까. 오랜 세월 켜켜이 쌓인 이야기가 아주 많을 것 같은데 자리는 깔렸지만 화제 빈곤이었다. 겨우 사는 곳과 아이들이 몇이냐는, 극히 기본적인 이야기만 몇 마디 주고받았을 뿐이다.

이곳에서 나고 자라 지금껏 이곳에 안주하고 살아온 나에게 고향이란 큰 의미로 다가오진 않는다. 자세히 언급하자면 자동차로 20여 분만 달리면 나오는, 가고 싶을 땐 언제든 갈 수 있는 지척의 거리이기 때문일 것이다. 해서 이제껏 고향이란 단어에 무감각하게 살아왔다.

그래서일까. 명절 때만 되면 언뜻언뜻 티브이 화면을 통해 봤던 실향민들. 우리나라 최북단인 임진각에 제상을 차려놓고 갈 수 없는 고향인 북쪽을 향해 절을 하며 울부짖던 그들이 이해가 안 되어 난 고개를 갸웃했다. 그런 그들을 이해하기까지는 병원에서 건강상 어떤 특정 음식을 제한할 때 그 음식에 더 구미가 당긴다는 것을 알고부터였다.

고향을 그리워하는 건 산 넘고 물 건너 이역만리 해외 입양아들도 다를 바 없다. 맥이 끊긴 먼 타국에서 살아가는 그들조차 고향, 즉 어머니의 품을 그리워한다. 자신의 뿌리를 찾아 정체성을 확인하고 싶은 건 인간의 본성일 터. 자라면서 현지인들과 모습이 다르다는 것에 얼마나 많은 의문을 품었을까. 답답한 마음에 "너는 누구냐"고 자신을 향해 수없이 되물었을 터.

성장한 그들이 부모를 찾고자 고국을 찾는 발길은 지금도 끊임없이 이어지고 있다. 그러나 흔적이라고 해봤자 달랑 아기 적 사진 한 장이 전부…. 대부분 무거운 발길로 돌아서는 게 부지기수라지만 더러 기적이 일어나기도 한다.

얼마 전 어머니를 찾고자 벨기에에서 온 여인이 경찰의 도움으로 천신만고 끝에 모녀 상봉이 이루어졌다는 소식이 전파를 탔다. 생김새만 한국인일 뿐, 외국인이 돼버린 낯선 딸의 손을 잡고 찍은 사진을 보니 가슴이 먹먹했다. 먹을 것이 없어서 입양 보냈노라는 어머니의 구차한 변명에도 딸은 토를 달지 않았다. 오직 어머니를 찾았다는 안도감으로 꼬옥 끌어 안았다. 꿈에 그리던 어머니 품에 안긴 것만으로도 행복감이 충만했으리라.

그날 물리치료실에서 만난 향순이는 말미에 잠시 머뭇거리더니 속에 담아 두었던 다소 충격적인 이야기를 꺼냈다. 어릴 적에 우리 집이 부러웠노라고. 그 말에 난 깜짝 놀랐다. 내가 어리보기여서일까. 당시 나는 빈, 부라는 개념조차 인지하지 못하고 어울려 놀았을 뿐인데 불우한 환경의 어린 향순이에겐 생활이 여유롭고 화목한 우리 집 분위기가 롤 모델이었던가 보다.

바람대로 이곳에서 이상적인 가정을 꾸리며 살고 있는 그녀는 남매가 모두 대학생이라며 씨익 웃고는 힘차게 페달을 밟는다.

생명

요즘 잦은 기상이변 탓일까. 4월 중순의 날씨치곤 꽤 춥다. 오후 들어 바람까지 이는 창 너머를 바라보며 망설이다가 현관을 나섰다.

계단을 내려서자마자 찬바람에 온몸을 내맡긴 채 웅크리고 있는 뭔가가 눈에 들어온다. 굼뜬 움직임이 아니었다면 무심코 지나쳤으리라. 진회색과 흑갈색 물감을 아무렇게나 뒤섞어 놓은 듯이 지저분한 색깔, 언뜻 스치는 게 있어 바짝 다가가 보았다. 역시나…. "불쌍한 것, 살아있었구나." 겨우내 보이지 않던 베란다에서 내려다보이는 맞은편 집 강아지였다.

집주인이 바뀐 건 아마도 재작년이었던 것 같다. 안팎으로 직장 생활을 하는 터라 마주치기도 힘들뿐더러 만나면 눈인사나 하는, 그마저도 이웃이라는 명목하에 안 주인하고만 겨우 이어가고 있었다.

주인을 따라 이사를 왔는지 누구를 통해서 데려온 것인지는 모르겠다. 강아지 한 마리가 굳게 닫힌 대문 앞에서 집안을 들여다보기도 하고, 집 주위를 배회하기도 하였다. 그런 나날이 지난여름을 지나 추위가 오기 전까지 이어졌다.

눈곱으로 뒤범벅된 핏발선 눈을 절반쯤 덮고 있는 꼬질꼬질한 머리털, 가까이 다가가기조차 꺼려지는 주접스럽고 남루한 행색으로 볼 때 애완견이란 이름은 허울뿐, 누가 봐도 결코 애완(愛玩)의 대상은 아니었다.

"쫓아도 도망도 안 가."

아래층 할머니는 누가 버렸나 보라며 혀를 찼다. 왜일까. 나는 가엾은 그 강아지를 볼 때마다 경림이 생각이 났다.

경림이는 옆 동네에 사는 아이이다. 소아마비로 다리를 심하게 절 뿐 아니라 한쪽 팔까지 불편한 경림이는 동네 천덕꾸러기였다. 그 아이네 집은 언덕배기에 있는 오두막이었다. 작고 볼품없는 모양새가 부끄러운 듯 2층 집 뒤에 게딱지처럼 납작 엎드려 있는 그 집엔 어느 누구도 발걸음 하지 않았다. 아이들은 물론 어른들까지 그런 경림이가 나타나기만 하면 깔보며 빈정거렸다. 가진 것 없고 기댈 구석이라곤 하나 없는 못난 부모는 있으나 마나. 그럴 때마다 경림이는 쓴웃음을 지으며 슬며시 자리를 뜨곤 했지만, 저 강아지는 뭐냔 말이다.

온종일 대문 밖에서 졸리면 흙바닥에 엎드려 자다가 눈뜨면 흙투성이가 된 추한 몰골로 어슬렁거리며 놀림이나 당하는 꼴이라니. 아마도 인지 능력이 있다면 부끄러워서 쥐구멍이라도 들어가고 싶은 심정일 것이다. 또 주인과 함께 승용차 타고 나들이 가는 친구들이 얼마나 부러울까.

그러고 보니 이웃집 애완견인 반달이가 생각난다. 집에서 귀여움 받는 아이는 밖에 나가서도 귀여움 받는다더니 입양하자마자 예쁜 이름까지 얻은 반달이는 영락없이 귀한 집 자식이다. 예쁜 옷 입고 염색해서 묶은 머리를 나풀대며 주인 따라 밖에 나오면 인기 만점이다. 거실 한쪽에 놓여있는 예쁜 꽃무늬의 보금자리도

마다하고 밤이면 밤마다 꼭 부부 사이에 끼어 잔다는 그 집의 재롱둥이. 안주인의 품에 안긴 채 예뻐 죽겠다는 듯이 얼굴을 비비며 사랑받는 것을 볼 땐 기구한 자신의 처지가 서럽다 못해 한스러울 것이다.

그러나 언감생심, 저 강아지는 꿈도 못 꿀 일이다. 겨우 처마 끝에 놓여 있는 누추한 자기 집에서 지난날 어떤 일이 벌어졌는지조차 모를 터이다. 한 여인(?)이 아기를 낳다 죽었다는 슬픈 사연을 품고 있는 집인 것은 더더욱.

주인이 바뀌기 전인 2년 전, 어느 날 나는 그 집에 마실을 갔다. 안주인은 친구의 선물이라며 머리를 묶은 하얀 스피츠 강아지 한 마리를 안고 맞아주었다. 한눈에 안아주고 싶을 정도로 무척 귀여워서 집에 와서도 내내 생각나게 했지만 갈 때마다 점점 꾀죄죄한 모습은 주인의 무관심을 가늠케 했다. 결국, 수갑이나 다름없는 개목도리를 하고 생활반경이 좁은 밖으로 내쫓겼다.

어느 날 사랑에 빠진 그녀(?)는 배가 불러오기 시작했다. 안주인은 배를 가리키며 어느 녀석이 삐죽이 열려있는 대문 틈으로 몰래 비집고 들어 와서 일 저질러놓고 도망갔다며 나무랐다. 분명 생명의 잉태는 축복받을 일이다. 그러나 그녀는 축복은커녕, 아비가 누구인지조차 모르는 사생아를 임신한 것이다.

사산인지 난산인지는 모르겠다. 어느 날 절반쯤 빠져나와 형체도 알아볼 수 없이 짓이겨진 사체를 질질 끌며 걷는 어미는 겨우 목숨만 부지한 상태였다. 사람이라면 온 집안이 발칵 뒤집혀서 응급실로 실려 가고도 남을 일. 차마 눈뜨고 바라볼 수가 없어, "불쌍해, 잡아 빼줘~."라고 애원하듯이 말했지만 그녀는 외려 재미있다는 듯이 바라보며 깔깔대는 게 아닌가.

나는 잔인한 그의 표정에 부아가 치밀었다. 비록 이 세상을 살아가는 모든 생명체는 강자는 약자 위에서 군림하게 돼 있다고는 하지만, 창세 전 신의 계획하에 먹이사슬의 최상을 점한 그 힘을 무기로 말 못 하고 힘없는 짐승의 생명을 가지고 장난을 치다니. 조물주는 우리 인간에게 만물의 영장이란 특권으로 모든 피조물을 다스릴 수 있는 전권을 부여했다지만 그건 아니다. 그건 직권남용이자 직무유기다.

그 후로 나는 한동안 그 집에 가는 걸 피했다. 보이지 않으면 괜찮을 줄 알았다. 그런데 그 처참한 광경은 나를 따라다니며 괴롭혔다. 내가 아픈 것 같은 괴로움에 시달리게 했다.

그러던 어느 날 우연찮게 내 눈에 띈 강아지는 걷지도 못하는 중환자로 죽어가고 있었다. 저승사자처럼 엉덩이로 달려드는 파리 떼에 기가 꺾였는지 미동도 없었다. 나는 그 강아지가 한 인간으로 보였다.

아니, 많은 사람이 멸시하고 비난하던 경림이로 보였다. 내면에 피멍과 상처를 안고 자란 아이, 이때껏 살아온 것처럼 평생 천덕꾸러기로 살아가야 할 그 아이도 꿈속에서만큼은 육신이 온전한 시선 받는 공주님이 돼보지 않았을까. 한 생명이 처참하게 죽어가는 걸 지켜본다는 것은 고통이었다.

얼마 후에 동네 나이 든 분이 몸보신한다고 죽은 강아지를 가져갔다는 말을 들었다.

봄

세상이 온통 봄빛으로 물들었다.

어두움에 빛이 희석되어 밝은 아침이 오듯 자연의 순리는 어쩔 수 없는 것인가 보다. 도무지 물러설 것 같지 않던 그 춥고 암울한 회색빛 세상이 꿈과 희망의 아름다운 파스텔톤으로 덧칠되고 있다. 연일 피어오르는 꽃대 사이로 꽃망울 터지는 소리에 귀가 간지럽다.

샛노란 개나리가 다녀간 자리엔 어느새 고고한 백목련이 아름다운 자태를 자랑하고 있다. 여인의 치맛자락처럼 산허리를 휘감은 붉은 진달래가 내 마음을 흔드는가 하면, 이내 보랏빛 라일락이 향수를 뿌린 여인처럼 향기를 풍기며 다가온다.

봄은 아무래도 여인의 계절이다. 수시로 피어오르는 온갖 꽃들을 보면 마치 아름다움을 겨루는 미인대회를 보는 것 같다. 축포를 터트린 듯 하늘에서 떨어지는 아름다운 새소리가 실로폰 소리만큼이나 맑고 청량하다.

아! 축복의 계절, 어찌 보면 화가의 붓끝에서 하나의 작품으로 살아 움직이는 것 같은 이 봄이 너무나 아름답다. 봄은 기대와 설렘, 동시에 축복과 희망의 계절이다.

길가에 고목같이 서 있던 벚나무에도 봄이 왔다. 춥고 긴 겨울, 제 몸 감싼 성긴 이파리 하나 없이 묵묵히 잘도 견디더니 힘차게 수액을 빨아올려 환한 모습으로 뭇사람들의 시선을 모으고 있다. 멀리서 또는 가까이서 다가오는 뭉게구름처럼 피어오르는 꽃송이에는 꿈과 낭만이 서려 있어 바라보노라면 내 젊은 날에 대한 그리움을 불러일으킨다.

향기 따라 집을 나선다. 그냥 꽃길 따라 걷는다. 한 잎, 두 잎, 떨어지는 꽃눈을 맞으며 걷다 보면 화관 쓰고, 부케 들고 많은 사람의 시선 받던 그날로 돌아간 듯 착각을 한다. 그땐 내 봄날이 영원한 줄로만 알았다. 젊음 하나만으로도 축복과 부러운 시선을 받는 아름다운 오월의 햇살 같은 나날만이 기다리고 있는 줄 알았다. 모든 것은 순간 속에 존재하는 것일까.

어느 날 문득 빛바랜 내 모습을 보았다. 바람이 불 때마다 깃발처럼 나부끼는 흰머리와 잔주름투성이의 여인을. 젊음은 내가 잠시 조는 사이 뒷문으로 빠져나가고, 내가 서 있던 그 자리엔 어느덧 내 딸아이가 환하게 웃고 서 있다. 빛바랜 내 젊은 날의 흑백사진 위에 꽃 같은 딸아이의 모습이 겹쳐져 다가온다.

젊음은 아름답다. 저 흐드러지게 피어나는 꽃처럼, 향기처럼, 그리고 내 딸아이의 생기발랄한 모습처럼. 축복의 계절, 기대와 설렘을 안고 잠시 봄 마중 나온 꽃처럼 봄에 취해 있는 딸아이가 아름답다.

꿈결 같은 봄이 음악처럼 흐르고 있다. 희망과 꿈을 꾸게 했던 그 아름다운 봄날이 속절없이 흘러간다. 새봄을 맞을 때의 벅차오름과 찬란함은 어디로 갔는지, 무수히 피었다가 지는 꽃잎에는 초라함과 허무만이 서려 있다.

해가 바뀔수록 그리움은 더욱더 향기처럼 묻어나고, 벚꽃 그늘

에만 서면 젊은 날의 이야기들이 아름답게 채색되어 흑백 영상으로 다가온다. 바람 한 줄기가 가지를 흔들며 지나간다. 화르르 쏟아져 내리는 꽃가루에 취하고 다시는 만날 수 없는 그리움 속으로 또다시 빠져든다. 봄날은 그렇게 가는가 보다.

미운 오리 새끼

시내에 가는 길, 저만치 맞은편에서 걸어오고 있는 대여섯 명의 젊은 여인들이 얼핏 눈에 들어온다. 옆으로 비켜주면서 무심히 지나치려던 나는 들고 있던 양산을 살짝 치켜들고 훔쳐보았다. 아기를 안거나 유모차를 끌고 가며 알아들을 수 없는 언어로 대화를 나누는 것을 들은 것이다. 그러고 보니 남국(南國)의 여인들이었다. 지나치면서 풍긴 상큼함을 맡다 보니 순간 내가 그들이 태어나 자란 나라 한복판에 서 있는 것 같은 착각을 했다. 그들이 걸어가는 뒷모습을 바라보았다. 몇 번이고 뒤돌아보다가 모퉁이를 돌아서 안 보일 즈음해서야 시선을 거두었다.

언제부터인지 우리 사회에는 불법체류자란 말이 나돌기 시작하였다. 정확하지는 않지만 아마도 외환위기를 지나면서부터가 아니었나 싶다. 돈벌이를 위해 국내로 들어와 숨어 살기 시작한 그들은 대부분이 동남아인이다. 우리가 꺼리는 험한 일을 열심히 해서 번 돈을 가족에게 보내는 고달픈 사람들이다.

처음에는 관심 밖이었다. 그리고 귀찮은 사람들이란 생각도 들었다. 우리나라 사람들도 못 살겠다며 아우성치다 못해 자살까지 하는 마당에 그들은 부스럼이나 다름없는 존재였다. 그러나 한번 뚫린 구멍은 점점 커지게 마련이다. 급기야 나라가 온통 봇물처럼 쏟아져 들어오는 외국인들로 넘쳐났다. 온 나라 도심을 적시다 못해 시골에서는 좀처럼 보기 힘든 외국인들이 이곳에까지 흘러들어왔다.

끝없이 이어지는 행렬은 남자들만이 아니었다. 시간이 지나면서 젊은 여인들도 그 대열에 합류했다. 가끔 재래시장에서 스쳤던 동남아 여인이 생각난다. 유모차에 태운 아기를 곁에 놓고 물건을 고르다가 부딪혔던 눈빛. 다문화 가정이란 생소한 말을 만들어 낸 그 눈빛 속에서 어딘가 모를 주눅 든 약자의 모습을 본 것이다. 그리고 그 모습에서 아직도 아물지 않은 지난날 우리의 아픔을 보았다.

한국전쟁 후, 38선에 철책이 설치되었다. 전쟁은 모든 걸 앗아 가듯 이후의 삶은 누구랄 것 없이 사는 게 고달프고 처절했다. 대부분의 사람은 허리가 휘도록 일을 해도 끼니조차 잇기 힘들었다. 학교조차 배고픔 앞에서는 한낱 무용지물이었다. 많은 여자아이는 공부를 포기하고 친척이나 방물장수를 통해 서울로 식모살이하러 갔다.

집을 떠나는 건 아이들뿐만이 아니었다. 가난을 피해 우리나라에 들어온 저들처럼, 젊은이들의 멀고 먼 서독행으로 이어졌다. 힘들다고 피하는 일은 외국 노동자들이 도맡아 하는 지금의 우리처럼, 그곳의 일 또한 다르지 않았다고 한다. 젊은 간호사들이 하는 일은 시체 소독하는 일이었다니 지금 같으면 상상이나 할 수 있는 일일까.

그러나 잠시일 줄 알았던 정전협정이 기약 없는 긴 이별로 이어질 줄은 아무도 몰랐다. 숱한 세월을 굽이굽이 돌고 돌며 사무친 그리움에 속울음을 삼키면서 얼마나 많은 가슴앓이를 했을까. 그들의 해후가 이뤄진 것은 강산이 수 차례 바뀐 후였다. 서로 기억을 더듬으며 맞춰가다가 끝내 끌어안고 뜨거운 눈물범벅이던 반백의 모습들. 시청자들도 울렸던 그날의 극적인 장면은 혈육이기에 가능했고, 피는 물보다 진하다는 말을 실감했다.

그렇다. 혈육뿐 아니라 큰 틀에서 볼 때 한 나라를 책임지는 대통령이나 국민도 같은 배에 타고 있는 한 형제나 다를 바 없다. 서독으로 건너가 차관(借款)까지 거절당하고 그곳에서 일하는 우리 근로자들 앞에서 연설하다가 함께 끌어안고 울었다는 박정희 대통령의 유명한 일화처럼 그가 흘린 눈물은 아무나 흉내 낼 수 없는, 아끼고 사랑하지 않으면 도저히 함께할 수 없는 값진 눈물이리라. 누군가 그랬다. '가난은 다만 불편할 뿐 부끄러운 것이 아니다'라고. 그러나 그 말은 굴욕과 치욕의 밑바닥까지 떨어져 보지 않은 사람의 자기 위안일 것이다. 가난은 가진 자 앞에서 한없이 비참하게 할 뿐 아니라 비굴하게 하고, 그 끝은 아픔일 뿐이다.

지금 저들의 마음이 그럴 것이다. 피부로 느껴지는 멸시와 얕잡아 보는 따가운 눈초리, 자꾸 움츠러드는 그 마음을 어찌 말로 다 표현할 수 있을까. 난파된 배 조각을 붙잡고 표류하다가 가까스로 배에 오른, 지금 저들의 처지가 그렇다. 그러나 같은 배에 승선했음에도 누구 하나 사이에 끼워 주려고 하지 않는 미운 오리 새끼인 것이다. 거기에는 다른 민족과 피 섞는 걸 터부시하는 우리 민족만의 오랜 관습처럼 단일민족으로 굳어진 자존감이 일조했을 것이다. 또 다른 빼놓을 수 없는 하나는 인종차별이다. 백인 우월의식이라는 말이 있듯이 우리는 백인에 대해선 관대하다. 다시 말해 가진 자 앞에서 없는 자의 비애인 것이다.

얼마 전 동남아에서 활동하다 귀국한 선교사가 교회의 모니터를 통해 그곳의 실상을 보여주었다. 물 부족으로 불편한 생활을 하고 있는 원주민들에게 선교국에서 펌프 샘을 파 주었다고 한다. 펑펑 솟구치는 물줄기를 보며 신기한 듯 함지박만큼 벌어진 입을 다물 줄 모르는 그들이 내 눈엔 신기했다. 뒤돌아보면 불편했던 기억만 있는 그 샘이 그들을 그토록 즐겁게 하다니. 그동안 인터넷 매체나 신문 보도를 통해서 그들의 형편은 익히 알고 있다. 하지만 우리 몇십 년 전처럼 빈궁한 삶을 살고 있다는, 그곳에서 살다 온 입을 통한 생생한 증언은 코리안 드림(korean dream)을 꿈꾸는 그들의 꿈이 결코 망상이 아니라는 생각을 갖게 한다.

사람은 좀 더 나은 삶을 향한 발돋움을 끊임없이 시도한다. 또 그게 살아있는 사람의 모습이기도 하다. 처한 환경처럼 그들은 오로지 가난을 벗어나 보겠다는 일념뿐이다. 언어의 장벽이나 문화적 차이에서 오는 괴리는 두려움의 대상이 아니다. 아니 주위의 따가운 시선조차 아랑곳하지 않는다.

우리나라에 시집오는 그곳 아가씨들의 평균 나이가 20대 초, 중반이라 했다. 그들의 짝이 될 이곳 총각들의 나이는 40대 중, 후반에서 50대 초반까지 무려 20여 살 이상의 나이 차가 난다. 언어가 통하는 자국민끼리의 만남도 힘든 게 남녀관계다. 서로 좋아서 만나 오랫동안 정을 쌓아도 정작 결혼하면 부딪히는 것이 많아 헤어지는 게 다반사인 요즘의 세태다. 한데 상대의 나이와 이름 석 자 정도만 알고 이루어진 그들의 고충을 더 물어 무엇 하랴. 실제로 무분별하게 이루어진 만남 속에서는 끊이지 않고 잡음이 들린다.

국적을 취득할 목적으로 위장 결혼한 신부가 있는가 하면, 결혼 7일 만에 남편에게 흉기로 무참히 살해되는 가슴 아픈 일도 있었다. 그의 남편은 정신이상자라 했다. 20대 초반인 베트남 신부가 할 수 있는 유일한 우리말은 '오빠'라는 한마디 말이었다고 한다. 화면에서 본 울부짖던 그녀의 부모 형제들은 무슨 생각을 했을까.

묘판을 떠난 식물은 처음에는 중병 걸린 사람처럼 누렇게 뜨고 시들해지지만 시간이 지나면 지날수록 토박이보다 더욱 실하다. 자리를 잡은 검푸른 잎을 젖히고 밑동을 들춰보면 실제로 셀 수 없이 많은 새하얀 뿌리를 내린 걸 볼 수 있다.

사람도 마찬가지다. 극한 상황에 처하면 살고자 하는 욕망이 더욱 강해진다고 한다. 통계상으로도 평화로울 때보다 전쟁 중일 때 더욱 삶에 애착을 보인다고 한다. 비록 전쟁에 비할 수는 없지만 그에 준하는 삶의 피폐함을 피해 들어온 저들을 보면 알 것 같다.

우리의 삶은 어찌 보면 길 가 돌 틈의 아주 작은 이름 모를 잡풀 같다는 생각이 든다. 뽑아내고 짓밟아도 어느 사이에 번식하는, 그것은 살아있기 때문에 살아있는 것에서만 볼 수 있는 강한 생명력 때문이리라.

(2012. 8)

삶과 죽음

오늘 나는 이제껏 내가 살아온 이래 최고의 휴식을 취하고 있다. 다시는 밝은 색으로 볼 수 있을 것 같지 않던 저 눈 부신 햇살, 바람에 한들거리는 6월의 신록, 지저귀는 맑은 새소리가 더없이 새롭다. 살아있음의 증거인 호흡, 이제껏 내가 언제 한 번 들숨과 날숨을 진지하게 생각해 본 적이 있었는지. 한껏 여유를 즐기는 오늘은 신이 나에게 주신 선물이다. 죽음에 대한 공포로부터 이완된 지금, 나는 작은 행복에 흥건히 젖어있다.

몇 달 전이었다. 한 이틀 자고 일어날 때마다 목뒤 쪽이 제법 아픔을 느낄 정도로 쿡쿡 찔렀다. 왜 그리 아플까. 생각 없이 무심코 목덜미를 만져보다가 나는 소스라치게 놀랐다. 목뼈 오른쪽 바로 옆에 메추리알 크기의 혹이 잡히는 것이었다. 겉으로는 드러나지 않고 힘주어 눌렀을 때 잡힐 정도로 깊은 곳에 자리하고 있었다.

대부분의 사람들은 몸에 멍울이 잡히면 일단 악성 종양을 떠올리며 겁을 먹게 마련이다. 예외 없이 잔뜩 겁을 먹은 나는 떨리는 가슴을 누르며 동네 이비인후과를 찾았다. 촉진(觸診)을 마친 의사는 림프종이나 지방종일 수 있다며 정형외과로 보냈다.

엑스레이상으로는 아무것도 보이지 않는다고 했다. 지방종일 가능성을 제기하면서 큰 병원에 가면 정밀검사부터 하라고 한다며 큰돈 쓸 필요 있냐는 식이었다. 점점 커지거나 아프면 그때 검사해서 나쁜 것이면 떼어내 버리라고 했다. 나는 그의 말에 따르기로 했다.

그런데 시간이 흐르면서 점점 더 아파지기 시작했다. 애써 무관심한 척하는 나를 질책이라도 하듯 목의 앞뒤와 어깨까지 사정없이 찔러대더니 통증이 서서히 뒷목 혹 주변으로 옮겨갔다. 며칠 간격으로 더했다, 덜했다를 반복했다. 나는 아픈 것을 애써 외면했다. 그러면서 일자목이라는 정형외과 의사의 말을 떠올려보았다. 아마도 그 때문일 거라면서도 한편으로 무서운 생각이 드는 나를 위로했다.

오른쪽으로 고개를 돌리려면 몸까지 함께 돌려줘야 하는 우스꽝스러운 모션. 더더욱 신경이 쓰이는 것은 나쁜 것이 안 움직인다는데 깊이 숨어있으면서 만져보면 아프기는커녕 꼼짝도 안 하는 것이었다.

밤마다 다음날 일어났을 때 씻은 듯이 낫기를 간절히 기도하며 잠이 들었다. 하지만 바람으로 끝날 뿐 나아지지 않았다. 별의별 생각이 다 들었다. 오만가지 방정맞은 생각에 휩싸이다가 이비인후과에서 얼핏 들었던 림프종이라는 단어가 떠올랐다. '림프종? 림프종이 뭘까?'다 믿는 것은 아니지만 평소의 습관대로 인터넷을 검색하기 시작했다. '네이버'와 '다음'을 오가며 검색에 또 검색. 내 증상과 너무 흡사한 그곳에서 얻은 정보는 나를 아연실색게 했다. 얼마나 겁에 질렸는지 포승줄에 묶인 사형수처럼 몸이 굳을 대로 굳어 내 마음대로 움직여지지 않았다. 미루고 또 미루다가 모든 것 각오하고 그날로 대학병원 신경외과를 찾았다. 우선 MRI

를 찍자는 무뚝뚝한 의사의 심각한 표정이 그리도 마음에 거슬릴 수가 없었다.

결과를 보러 갈 때는 마지막 의사의 최종 확인일 뿐이었다. 그만큼 내가 주워들은 의학 상식으로는 결과가 비관적이었다. 같이 가는 작은언니도 떨리는지 대전에 살고 있는 큰 언니를 불러냈다.

여러 이름 속에 끼어 순서를 기다리는 내 이름 석 자가 그리도 쓸쓸하고 애처로울 수가 없었다. 로비에서 기다리는 내내 가슴은 콩닥콩닥. 맞은편에 앉아 기도하고 있는 작은 언니의 붉게 상기된 얼굴에서 내가 느끼고 있는 고통의 무게 그 이상이 얹어져 있음을 느꼈다.

하나씩 낯선 이름이 사라지고 내 차례가 점점 가까워졌다. 겁이 나서 진료실에 안 들어가겠다는 나를 언니는 달랬다. 할 수 없이 대기실로 불려 갔을 때의 긴장감은 최고조에 달했다. 팽창, 또 팽창한 혈관의 압력은 나를 한껏 조롱하듯이 경계를 넘을 듯 말 듯 날름거렸다.

판사 앞에서 사형을 선고받을 때 사형수의 마음이 그럴까. 춥지도 않은데 왜 그리 오들오들 떨리는지. 모니터를 검색하는 그의 말을 기다리는 내 마음이 선고를 기다리는 사형수와 다를 게 뭐가 있을까. 그의 말 한마디에 삶과 죽음으로 갈리니.

잠시 후 "근육이 뭉쳤네요." 순간 우리는 생각지도 않은 의외의 결과에 서로 얼굴을 쳐다보며 어안이 벙벙, 이내 놀란 가슴을 쓸어내리며 기쁨의 눈물을 흘렸다. 그리고 나는 위에 계신 내가 믿는 그분께 감사드렸다.

그러나 이어서 하는 말이, 위치상 한 번의 검사로는 단정할 수 없다는 것이었다. MRI도 백 퍼센트는 아니니까 몇 가지를 추가로 더 검사해야 한다는 의사의 말. 좋은 것도 잠시, 피 검사 후 일주일 내내 그 말이 나를 찜찜하게 했다.

그러나 두 번째 결과도 대만족이었다. 더 이상 검사할 필요가 없다는 의사의 말 한마디, 그 한마디를 내가 얼마나 듣고 싶어 했던가. 순간 내 마음이 깃털처럼 가벼워지는 걸 느꼈다. 다시 태어난 느낌이었다. 얼마나 좋은지 나도 모르게 감사라는 단어가 연신 튀어나왔다.

대부분의 사람은 살다가 일이 꼬이고 꽉 막힌 듯 풀리지 않을 때면 죽고 싶다는 말을 곧잘 한다. 나 또한 그랬다. 그러나 그건 내 진심이 아니라는 걸 이제야 알았다. 그건 위선이고 자기기만이었다.

전화벨이 울린다. 작은언니였다. 깔깔 웃으며 물었다.

"시원하지?"

"응, 날 것 같아."

우리는 한바탕 해프닝으로 끝난 이야기를 하며 까르르 웃어 젖혔다. 그러다가 언니는 그동안 차마 입 밖에 내지 못한 속마음을 풀어놓기 시작했다. 무거운 짐을 져야 한다는 중압감을 느꼈다며 울먹였다. 나 역시도 포기한 채 나름대로 내 주변을 정리하기 시작했다. 그러나, 그러나 마지막에 걸리는 것은 두 아이였다. 클 만큼 컸다고는 하지만 어미의 마음은 그게 아니었다. 큰아이보다 아직은 엄마의 보살핌이 더 필요한 학업 중인 녀석. 아기 때부터 홀어미인 내가 비춰주는 희미한 불빛을 쫓아 지금까지 잘 따라와 준 아이, 목적지까지 잘 데려다줘야 할 텐데 불이 꺼지면 어쩌나. 그렇게 되면 어둠 속에서 길을 잃고 갈 길을 못 찾아 우왕좌왕하다가 주저앉고 말 텐데. 그게 내 가슴을 쳤다. 고향에 깊게 뿌리를 내리고 자신을 위해 기도하며 언제든 찾아오면 뛰어나가 반갑게 맞아줄 엄마를 버팀목으로 꿈을 키우는 아이. 졸업 후의 계획도 나름대로 세워놓은, 나는 도저히 그 아이의 날개를 부러뜨릴 수는 없었다. 그게 내가 살아야 할 가장 큰 이유였다.

내일 일을 알 수 없는 것이 세상살이다. 불완전하고 불확실한 살얼음판 같은 세상을 우리는 살아간다. 지금 우리는 무감각하게 살아가고 있지만 시선이 미치지 않는 음지에서는 죽음과 사투를 벌이는 수많은 사람이 있다. 그중에는 어린아이를 부둥켜안고 어쩔 줄 몰라 애태우는 젊은 엄마도 있을 것이고, 내가 그랬던 것처럼 끝까지 지켜줄 수 없다는 안타까움에 괴로워 몸부림치는 사람도 있을 것이다. 지레짐작으로 죽음의 문턱까지 갔다 온 나, 그들을 생각하니 그 아픔이 더욱 크게 내 아픔으로 느껴진다.

아픈 손가락

주차장 정문으로 들어서는 은색 승용차가 얼핏 눈에 들어온다. 요금소를 휘돌아 둥글게 반원을 그리더니 날렵하게 바로 옆 장애인 전용 주차 석에 정차한다. 이어서 늘씬한 키에 화장기 없는 미모의 젊은 여인이 내리더니 트렁크를 열고 노련한 솜씨로 휠체어를 끌어 내린다. 다시 운전석 반대편 문을 열고 아이를 번쩍 들어 안는다.

잊을만하면 나타나는 그녀는 장애아를 둔 아이 엄마였다. 햇빛 한번 보지 못한 것 같은 핼쑥한 얼굴의 10살 남짓 되어 보이는 남자아이. 삶아놓은 시래기처럼 축 늘어진 아이를 안고 한 발, 한 발, 휠체어를 향해 뒷걸음질을 친다. 진하게 선팅이 되어 있는 요금소 창을 통해 나는 옆의 광경을 훔쳐보았다.

"한 발, 또 한 발, 옳지. 아이고 잘하네."

부드럽고 나지막한 아이 엄마의 음성. 아이는 발을 내딛는 게 아니라 질질 끌려가는 형국이었다. 병원엘 데리고 가는지 휠체어에 앉힌 후, 밀고 가는 두 모자가 안 보일 때까지 나는 멍하니 고개를 돌리고 바라보았다.

기척 소리에 고개를 돌리니 또 다른 한 명의 다리를 심하게 저는 젊은이가 지나간다. 그는 이 동네에 사는 낯익은 사람이다. 교통사고로 다리뿐 아니라 한쪽 팔까지 못 쓰는 장애인이 되고 나니 부인은 집을 나가고 아이들과 함께 누나 댁에 얹혀사는 처지이다. 지팡이를 짚고 다리를 흔들며 힘겹게 옮기는 걸 보다가 나는 불현듯 몇 달 전 지나간 일을 생각하며 다시 한번 가슴을 쓸어내린다.

작년 12월 말이었다. 밤 8시경에 딸한테서 전화가 왔다.

"엄마, 놀라지 마. 전혀 놀랄 일 아니야."

딸아이는 재차 같은 말을 반복하며 나를 안심시켰다. 그러고 나서,

"○○가 교통사고가 났는데 크게 다치지는 않았어."

함께 살고 있는 남동생의 교통사고 소식을 알렸다. 입원시키고 나오는 길이라며 전화로 자초지종을 털어놓았다. 걱정할 정도가 아니라고는 하지만 다친 부위가 어느 정도인지 엄마로서 걱정이 안 될 수가 없었다. 더구나 거리까지 멀어서 당장 가볼 수도 없고 답답한 마음에 뜬눈으로 밤을 지새웠다.

이튿날, 나는 서울행 첫차에 몸을 실었다. 한달음에 병원으로 달려가니 다행히 아이는 비교적 온전했다. 몸으로 부딪히는 오토바이 사고는 죽지 않으면 크게 장애를 입는다는 게 정설이다. 그런데 오토바이를 탄 아들 녀석이 승용차에 부딪혀 튕겨 나가고 차체가 심하게 망가졌는데도 머리만 까져 피만 흐른 것이다. 두어 번에 걸쳐 찍은 머리 CT상 소견도 이상이 없고 발뒤꿈치 뼈에 가벼운 실금만 갔을 뿐, 있을 수 없는 일이었다. 분명 보이지 않는 손이 받아주었다는 생각에 감사하고 또 감사했다. 병실에 누워 있는 아이의 손을 잡고 울먹이며 뻔한 말을 물었다.

"아들아, 장동건하고 너하고 누가 더 잘 생겼지?"

아이는 삐죽이 흘겨보면서 웅얼거렸다. 그걸 말이라고 하느냐

는 듯이, 그래서 나는 말했다.

"장동건이 너보다 훨씬 잘 생기고 돈도 잘 벌지만 돈 많이 주겠다며 바꾸자고 해도 절대로 안 바꿔."

나는 크게 다치지 않은 게 눈물겹도록 감사해서 시답잖은 말을 했다. 사실 크게 다쳐 장애를 입었다면 어찌할 뻔했는가. 아이 인생만 망가지는 게 아니다. 자유로운 내 두 날개도 부러졌을 거란 생각만 해도 아뜩하다. 장애는 육신뿐 만이 아니다. 정신지체 장애도 한 가정의 균형을 잃게 하는 건 매한가지이다.

몇 년 전, 가까이 지내던 집 아이가 생각난다. 결혼을 앞두고 앞날에 대한 계획을 세우며 단꿈에 젖었을 그 아이 엄마. 그러나 계획은 인간이 세울지라도 이루는 것은 신의 몫. 행복했던 결혼생활도 잠시였다. 얼마 후 태어난 아이는 희망이라는 태명이 무색할 정도로 해가 바뀌고 또 바뀌어도 말은커녕 눈조차 맞출 줄을 몰랐다. 아이가 늦된다고 생각하면서도 한편으로는 걱정스럽고 초조해했지만 조금만 더 기다려 보자며 기다리다가 결국 병원을 찾았다.

지적 장애를 갖고 태어난 아이. 자폐아로 판정을 받고 나서 앞이 캄캄했다는 아이 엄마의 마음이 오죽했을까. 세상 사람들의 시선과 편견 속에서 아이가 살아가야 할 험난한 앞날을 생각하니 자식을 둔 나도 가슴이 아팠다. 그녀는 아이를 위해 직장도 접고, 큰 집으로 이사 갈 꿈도 접었다.

이른 아침 출근하다 보면 길모퉁이에 옹기종기 모여앉아 복지관 차를 기다리는 장애인 아이들을 보게 된다. 그들은 얼굴만 봐도 말이 어눌하고 행동이 민첩하지 못하다는 걸 단박에 알 수 있다. 표정들은 하나같이 순진무구하다. 서로 머리를 쓰다듬기도 하고 흥얼흥얼 콧노래를 부르며 천하태평이다. 속이 검게 탔을 부모 마음과 그들의 행동은 극과 극이다. 그런 자녀를 둔 가정은 조도 낮은 전등을 켠 듯 분위기는 늘 어둡고 무겁다. 그들에게 가족 나들이나 여행은 한낱 사치일 뿐, 한 가정의 평화는 그 아이로 인해 산산조각이 난다. 건강한 자식은 성장하면 부모 곁을 떠나지만, 신체에 장애가 있거나 건강치 못하면 평생 곁에 두고 돌봐야 하는 아픈 손가락인 것이다. 그럼에도 그 무엇을 다 준다 한들 바꾸거나 쉬이 관계를 끊을 수 없는, 희생을 감내하면서까지 부족한 자식을 품는 게 부모이다.

이곳 공영주차장에서 일 한지도 벌써 만 7년이 지났다. 이곳은 인종을 초월해 가지각색의 사람들을 만날 수 있는 공간이기도 하다. 남녀노소는 물론, 피부색과 언어가 다른 외국인들뿐 아니라 수시로 다양한 장애를 가진 사람들을 만나곤 한다. 밀물처럼 밀려왔다가 썰물처럼 빠져나가는 수많은 사람, 그들 중에 기억에 남는 한 사람이 있다.

며칠 전 엎드려 걸레로 방을 훔치다가 문득 내 손을 내려다보았다. 열심히 걸레질하는 가지런한 내 열 손가락이 신기하고 예뻤다. 지금껏 못생겼다고 타박만 했는데…. 이젠 세월의 흔적인 잔주름까지 져 있는 손이 뭐가 예쁠까마는 언젠가 보았던 고객의 손이 불현듯 생각나서였다.

주차장 요금소에서 그가 내민 지폐 한 장을 받으려다가 나도 모르게 깜짝 놀라 멈칫!. 이내 아무렇지 않은 듯 대했지만 미안했다.

그의 손가락은 엄지와 중지만 온전할 뿐, 나머지 세 개 모두 손바닥 끝에서 뭉뚝하게 잘려있었다. 평생 장애를 안고 살아가야 한다는, 인정하고 싶지 않은 현실을 받아들이기까지 얼마나 힘들었을까. 섬섬옥수와는 동떨어졌지만 내 손이 다시 보였다. 내 몸의 일부분으로 당연시 여기며 살아왔는데 누군가가 부러워할 손이라고 생각하니 참 귀해 보였다. 그리고 감사한 마음이 들었다.

한참 후, 바퀴가 굴러오는 마찰음이 들린다. 나는 소리 나는 쪽으로 고개를 돌렸다. 곧추세워 앉을 수도 없는 아이는 휠체어에 비스듬히 쓰러져 기댄 채였다. 아이 엄마는 아이를 담뿍 안아서 차 안에 앉히고 운전석에 앉자마자 휭하니 빠져나갔다. 차가 멀리 사라져 보이지 않을 때까지 시선을 떼지 않고 지켜보며 생각했다. '저 아이가 점점 키도 크고 덩치도 커질 텐데 평생 어찌 돌봐줄까.' 장애아의 엄마는 아이보다 하루만 더 살기를 바란다는 말을 들었다. 평생 그녀의 도움을 받으며 살아가야 할 아이가 더 안 좋아지는 일이 없기를 바라며 눈 배웅을 했다.

개명

대충 집안일을 끝낸 오전 10시경이었다. 느긋한 마음으로 음악 한 곡 감상하며 커피 한 잔의 여유를 즐기려던 참이었는데 신나게 폰 멜로디가 울린다. 아니나 다를까, 받고 보니 여학교 동창 상종이였다. 특유의 즐거움이 넘치는 목소리로 대뜸, "영애야~ 나 이름 바꿨다~"라고 말하고선 재미있어 죽겠다는 듯이 깔깔 웃어젖혔다.

깜놀, 자다가 봉창 두드리는 소리였다. 친구네 집은 이곳에서 거리가 먼 서울이지만 거리와는 달리, 우린 하루라도 통화를 하지 않으면 입안에 가시가 돋칠 정도로 가까이 지내는 그런 사이였다. 매일이다시피 전화해서 나에게 미주알고주알 다 고해바치면서도 그동안 개명한다는 일언반구가 없었는데….

하긴, 나하고 통화하는 중에 이름 이야기가 나오면 친구는 자신의 이름에 불만을 내비치긴 했었다. 부모님이 지어준 이름으로 마음에 영 안 든다며 투덜거렸다. 그럴 수밖에 없는 것이, 옛날에는 결혼하면 자신의 이름은 묻히고 평생 누구누구의 안사람이나 엄마로 불리며 살았지만 세상이 변한 지금은 전혀 아니기 때문이다.

페미니즘으로 여성들의 목소리가 높아지고 여권이 신장 된 요즘, 남녀의 활동 영역은 구분 없다. 그런 세상에서 때로는 얼굴보다 이름 석 자가 박힌 명함이 먼저 인사하고 돌아다닐 때도 있다 보니 어쩌면 그녀의 이름 타박은 당연하다.

그러고 보면 내색만 안 했을 뿐이지 나도 내 이름이 썩 마음에 드는 건 아니다. 부모를 선택해서 태어날 수 없듯이, 내 이름 또한 내 의사와는 무관하게 지어졌다.

내가 이름에 관심을 갖게 된 시기는 초등학교에 입학하고 고학년으로 올라가면서다. 당시에 반 친구인 '원호'나 '기봉'이처럼 남자 이름을 가진 친구들도 더러 있었지만, 간혹 예쁜 이름을 가진 친구가 눈에 띄면 그 아이 얼굴까지도 예뻐 보였다. 그나마 다행인 것은 내 이름이 여아 이름이라서 남자 이름을 가진 친구들보다는 낫다고 여겼다.

성장하여 성인이 되어서도 예쁜 이름에 대한 갈증은 가시지 않았다. 아주 가끔 예쁜 이름의 여인을 마주하게 되면 부러운 나머지 그녀의 이름을 화제에 끌어들이곤 했다. 나는 결혼해서 딸을 낳으면 반드시 내가 갖지 못한 아주 예쁘고 유니크한 이름을 지어 대리만족을 얻으리라 마음먹었다. 결혼 후 첫딸을 낳고 후보로 오른 이름 중에서 '제니'라는 이름을 찜했다.

그러나 돌림자로 지어야 한다며 위에서 사인을 안 해주는 바람에 커트 당했다. 당시만 해도 사회 풍조 상, 웃어른들한테 그 정도의 권리는 빼앗길 수밖에 없는 분위기였다. 명령을 따라야 할 의무만 있다 보니 아쉽지만 나는 내 딸에게서도 꿈을 접었다.

세월이 흐른 어느 날 대학병원에 갔다가 나는 깜짝 놀랐다. 컴퓨터 모니터를 바라보며 내 이름을 찾는 간호사의 고개가 올라갔다 내려오는 동작이 수없이 반복되었다. 민망한 나머지 간호사에게 물었다. "같은 이름이 많은가 보죠? 네, 아주 많아요." 하는 것이었다. 내가 살고 있는 이 작은 소도시보다 범위가 훨씬 넓은 광

역시라고는 하지만 그걸 보면서 나는 살짝 충격받았다. 내 이름이 아주 흔하다 못해 촌스러운 이름이라고 단정하기에 이르렀다.

옛날에는 태어나서 부모님이 이름을 지어주면 좋든 싫든 평생 그 이름으로만 살았다. 그랬는데 요즈음에는 관련 법령이 개정되면서 개명이 쉬워진 모양이다. 고유명사인 이름에 날개가 달린 것처럼 반란을 일으키는 요즘이다.

가까운 이웃집 아이는 물론, 친구네 아이들뿐 아니라 툭하면 어른까지 개명했다는 소식이 들린다. 그래서 그들 이름을 헤아리다 보면 예전 이름하고 헷갈릴 때가 많다.

하지만 거금을 들여 작명가를 통해서 개명한 새 이름은 앞날의 건강과 재운을 얻기 바라는 그들의 간절한 염원이 고스란히 녹아 있는 귀한 이름이기도 하다. 일평생 이름이 운명을 가른다고 믿는 그들이기에 그런 불편을 감수하면서까지 이름을 바꾸는 것이다.

나는 이름에 의미부여를 하지 않기에 작명소하고는 거리가 멀다. 평소 내 소신은 그냥 예쁘고 부르기 좋은 이름이면 그만이라고 생각한다.

그러나 정책이 바뀌지 않은 옛날이라 할지라도 구제책이 강구되어야 할 정도로 최악의 이름도 있다. 언젠가 진료차 병원에 가서 차례를 기다리던 중, 모니터에 뜬 '병자'라는 이름을 보았다. 옛 어른의 무지로 지어진 이름이다. 떼어 내버릴 수도 없고, 평생 혹처럼 같이 갈 수밖에 없는 그 이름으로 그 사람 또한 내 친구처럼 부모를 원망하지 않았을까.

또 다른 예는, 아들 선호 사상이 팽배했던 그 옛날에 내 고향 동네에는 딸만 내리 일곱을 낳은 집이 있었다. 아들을 낳지 못한 중죄인인 아주머니는 얼마나 한이 맺혔으면 맨 끄트머리 일곱째딸의 이름을 '딸 그만'이라 지었을까. 사람들은 그 집을 그냥 딸그만네라 불렀지만 정작 당사자인 아가씨는 그 이름을 너무너무 싫어했고, 또 부끄러워했다는 것이다.

평생 마음의 짐으로 살 수밖에 없는 그런 이름에 비하면 내 이름은 양호하다. 그래도 기대치에 못 미치는지라 나는 한때 예쁜 호라도 갖고 싶다는 생각을 했다. 그런 후로 어떤 이에게서 내 느낌이 가을 분위기라며 '추연'이라는 호를 선물 받았다. 하지만 가끔 생각날 때마다 만지작거리기만 했을 뿐, 선뜻 내 이름 석 자 앞에 세우질 못했다.

그 후에도 미련이 남아 내 나름으로 '정원'이라는 호를 지어보았다. 정원은 꽃밭하고는 격이 다를 뿐 아니라 중성적인 이름에다가 안정감도 느껴져 마음이 갔다. 그러나 그것마저 내 것으로 만들지 못했다.

친구의 새 이름은 '금비'라 했다. 작명가에게 30만 원이나 주고 산 이름이라며 자랑을 했다. 그러나 친구에게는 미안한 말이지만 난 부럽지 않다. 예쁘지는 않지만 아주 특별한 인연으로 맺어진 아버지가 지어준 내 이름이 있기 때문이다.

이제 나는 내 이름 석 자 앞에 호조차 세우기를 원치 않는다. 각자의 이름에는 그 사람이 살아온 생의 이력이 묻어있기 때문이다. 새로운 이름이나 호를 갖는다면 지난 추억과 다난했던 내 삶의 지문들도 함께 사라질 것만 같아 아버지가 지어준 이름만 데리고 이대로 쭉 가기로 했다.

폐교

며칠 전 친구랑 홍성엘 다녀왔다.

직장 일로 강연에 참석해야 하는데 혼자 가는 길이 지루하다며 동행해달라는 전화를 받았다. 마침 스케줄 없는 한유한 날이라서 쾌히 승낙했다. 그리 멀지 않은 곳 나들이지만 가벼운 마음으로 지역을 벗어난다는 것만으로도 생각할수록 즐거웠다. 늘 매너리즘에 빠져 사는 일상에 활력을 불어넣을 수 있기 때문이다.

그날, 출발부터 싱글벙글. 차가 움직이자마자 우리들의 이야기꽃은 시작되었다. 동네 ○○엄마가 이혼하더니 옷차림이 달라졌다는 둥, 누구네 집 아저씨가 바람이 나서 부인 속을 썩인다는 둥, 메뉴 중 동네방네 떠도는 온갖 추문만 골라 도마에 올리다 보니 깔깔거리느라 배를 움켜잡고 요절복통했다.

다시 화제는 외국 여행 이야기로 흘러갔다. 어디를 다녀왔는데 다음엔 어느 나라가 타깃이라는 둥, 금방이라도 그 나라에 가 있는 듯이 아는 척을 하면서 떠들어댔다.

가까운 사이일지라도 정치나 종교 이야기를 하다 보면 싸우게 마련이라는데 어쩌다가 삼천포로 빠져버렸다. 정치 이야기에서는 둘이 한목소리였는데 종교 이야기에서 그만 부딪히고 말았다. 목소리가 커지고 서로 자기주장이 옳다며 티격태격. 여자 셋이 모이면 살강의 접시가 안 남는다던가? 둘인데도 차가 들썩들썩했다. 그렇게 한참을 달리다가 산 아래에 쓸쓸히 서 있는 작은 폐교를 보면서는 한목소리로 걱정했다.

그러는 사이 목적지에 도착, 나는 나하고 관련 없는 강연장엔 들어가지 않고 카페에서 기다리기로 했다. 빨리 끝나기를 기다리며 스마트폰만 들여다보고 있는데 다행히 강연은 그리 길지 않았다.

우린 집에 돌아올 때도 갈 때와 같은 길을 택했다. 약속이나 한 듯 조금 달리다가 핸들을 꺾어 가는 길에 보았던 폐교로 들어섰다. 폐교라는 말이 무색할 정도로 신축한 지 얼마 되지 않은 깨끗한 교사(校舍)가 우리를 맞았다. 금방이라도 해맑은 모습의 아이들이 까르르 웃으며 교실에서 튀어나올 것만 같다. 한때 많은 아이로 시끌벅적했을 운동장에는 잡풀들만 무성하게 자라 이미 오래전에 사람들의 발길이 끊겼음을 알 수 있었다. 벌들과 노니는 풀꽃들을 소슬바람이 찾아와 부드럽게 쓰다듬으며 지나갈 뿐이었다. 조용하다 못해 고요하기까지 한 그 정적을 간간이 들려오는 산새소리와 풀벌레 소리가 깼다.

적막한 교정을 한 바퀴 둘러본다. 놀아줄 아이를 기다리다가 지친 듯 벌겋게 녹슨 채 놀이터에 덩그러니 서 있는 놀이시설이 눈에 들어온다. 유쾌한 풍경이 아니라서 고개를 돌리고 울적한 마음으로 폐교를 나섰다.

색다른 풍경을 접하고 싶어서 오던 길이 아닌 다른 길로 들어섰다. 한참을 달리다 보니 또 다른 폐교를 만났다. 역시 잡풀만 무성한 운동장으로 들어섰다. 고즈넉하다. 여기가 예전에 아이들이 공부하며 뛰어놀던 학교가 맞나?라는 생각이 들었다. 건물 가까이

다가가 까치발 딛고 교실 내부를 들여다보았다. 몇 가지 실험도구와 교재가 아무렇게나 놓인 것이 공부하다가 잠시 빠져나간 것 같은 느낌, 나갔던 아이들이 금방이라도 까르르 웃으며 다시 나타날 것만 같다. 복도 측면에 붙박이로 길게 이어진 깨끗한 신발장은 빈 책장처럼 허전하다 못해 을씨년스럽다. 한때는 아이들 운동화로 가득 채워졌을 신발장…. 그 많던 아이는 다 어디로 갔을까.

한국전쟁이 정전협정으로 매듭지어지면서 집집마다 아이들이 기하급수적으로 늘어났다. 많게는 12명의 자녀가 있는 집도 있었다. 베이비붐세대인 내가 학교 다닐 때만 해도 그렇게 불어난 아이들로 교실이 콩나물시루처럼 넘쳐났다. 한 반에 60명 정도의 아이들이 배정되었음에도 교실이 모자라 오후반까지 개설되었다.

지금과는 달리, 당시 우리나라는 전쟁으로 인한 폐허를 딛고 일어서고자 몸부림치는, 나라 밖에서는 거지 나라라고 부를 정도로 국호만 가지고 있을 뿐인 보잘것없는 땅덩이에 불과했다. 대다수의 사람은 먹을 것이 없어 초근목피(草根木皮)로 연명하던 시절이었다. 흥부네 가정처럼 대책 없이 주렁주렁 낳아놓고는 군입 하나라도 덜고자 입양기관을 통해 전쟁고아 틈에 끼워 해외 입양까지 보내는 일이 비일비재하던 시절이었다. 그 덕에 '고아 수출국'이란 오명의 부끄러운 수식어가 오랫동안 따라다녔던 대한민국.

하물며 의학 불모지인 것은 자명하다. 그 시절 가난을 면해보고자 정부에서는 산아제한을 적극 권장하였다. 하지만 어른들의 무지와 지금처럼 편리하고 다양한 피임방법이 부족해 자녀 수 조절이 쉽지 않았다. 보건소 가족계획 요원이 암암리에 젊은 부부의 집을 방문하여 가족계획을 계몽하였다.

그 시점, 거리 벽보에는 표어가 나붙기 시작하였다.〈아들딸 구별 말고 둘만 낳아 잘 기르자〉라는 표어를 한동안 내걸었다가, 성비가 맞지 않거나 더 조일 차원에서 또다시 〈잘 키운 딸 하나 열 아들 안 부럽다〉라는 표어로 바뀌었다. 표어는 그 후로도 여러 번 바뀌었던 것 같다.

나는 홍성에서 돌아오는 길에 봤던 폐교에 꽤 충격을 받았다. 어저께 저녁나절에는 내 아이들이 다녔던 집 가까이에 있는 초등학교에 가보았다. 30대인 내 자식들이 학교 다닐 때만 해도 학생 수가 학년당 90명 정도였는데 올해엔 겨우 8명의 아이가 입학했다는 말을 들었다. 3반까지 있었던 학교가 완전히 쪼그라든 것이다. 그 시절보다 더 풍요가 넘치는 세상이지만 결혼이나 아이 낳아 기르는 건 NO! 라고 큰소리로 외치는 요즈음 다수의 젊은이, 그들의 의식을 바꿀 방법은 정녕 없는 것일까.

쓸쓸한 교정을 한 바퀴 돌다 보니 예전 운동회 때가 새삼 떠올랐다. 교내 축제인 가을 운동회로 내 아이가 달리기할 때 운동장 사이드에서 목이 터져라 응원했던, 그 흥겨운 분위기와 아이들의 함성소리가 다시금 메아리쳐 들려오는 것 같았다.

반세기도 못되어 딴 세상이 되어버린 요즘, 참으로 격세지감을 느낀다. 시골 초등학교가 무너지기 시작하더니 중, 고등학교로 이어지다가 도미노 현상처럼 대도시로까지 그 여파가 뻗쳤다. 이젠 학생 수가 줄어 문 닫는 대학교까지 생겼다고 한다. 우리나라를 받쳐줄 미래의 꿈나무들이 사라진 터전은 이젠 노인 요양원으로 개조되어 노인 천국이 돼버렸다. 요즘 우리나라의 현주소다. 지금 우리나라는 어디로 흘러가고 있는 것일까.

그날 갈 때와는 달리 집으로 돌아오는 내내 친구하고 이구동성으로 나라 걱정을 했다. 기분 전환이 아니라 우울한 하루였다.

아름다운 봄

아침에 눈을 뜨면 늘 습관처럼 나는 베란다 중문부터 연다. 화초들과 눈 맞춤하기 위해서다. 오늘도 예외 없이 일어나자마자 문을 열고는,

“우리 예쁜이들 밤새 잘 잔겨?”

하고 말을 건다.

내 사랑을 받고 있는 반려 식물들, 이십여 종류가 거의 선인장이다. 내 인사에 화답이라도 하듯 옹기종기 모여 활짝 핀 꽃들이 제각각 향기를 내뿜는다. 아침 운동을 다녀와서도 커피 한 잔을 들고 또다시 그 앞에 쪼그려 앉는다. 볼수록 가시 사이로 고개를 내민 꽃들이 가상하다.

길 건너 주택 담벼락에도 봄이 왔다. 불과 두어 달 전만 해도 그물같이 성근 앙상한 담쟁이 줄기가 죽은 듯 붙어있더니만 어느새 연둣빛 이파리를 삐죽이 밀어내었다. 대문 옆 앙상한 대추나무도 겨우내 추위와 맞짱 뜨더니 마침내 여린 새 생명이 봄바람에 살랑거린다.

삭정이 같던 온 산야가 생기를 가득 머금었다. 산벚꽃과 온갖 봄꽃들이 흐드러진 산은 거대한 정원이다. 여인도 꽃이다. 꽃향기를 품은 생기발랄한 여인들이 꽃과 한데 어우러졌다. 바야흐로 봄, 아름다운 젊음의 계절이 온 것이다.

내 어릴 적엔 '패션'이란 말 자체가 없었다. 남녀 불문, 대부분의 사람은 불편한 한복이 외출복이자 곧 일상복이었다. 세월이 흐르면서 나일론 옷감이 나오고 여인들은 일본에서 건너왔다는 일하기 편한 몸뻬를 즐겨 입었다.

그 후 양장이라는 이름으로 간편한 옷들이 선보이면서 불편한 옷들을 밀어내었다. 새로운 그 옷들은 민감한 젊은 층으로부터 빠르게 흡수되기 시작하였다.

어린 나는 지금 생각하면 촌스럽기 짝이 없는 언니의 옷이나 소품 등에 강한 호기심을 가졌다. 호시탐탐 가족의 부재를 틈타 눈여겨 둔 옷을 꺼내입고 백을 멘 채 거울 앞에서 머잖아 아가씨가 된 나의 모습을 그려보곤 하였다. 그러던 어느 날 붉은 립스틱까지 바른 그 모습 그대로 언니에게 들켜버렸다.

이웃에 사는 수정이도 옛날 내 어릴 적처럼 마음이 급했나 보다. 그 아이가 초등학교에 입학하고서였다. 어느 날 보니 나보다 한술 더 떴다. 추위가 가시지 않은 이른 봄날, 춥지도 않은지 엄마의 꽃무늬 원피스에 스타킹을 신고 발에 맞지 않는 커다란 하이힐을 끌면서 백을 멘 채 동네 한 바퀴를 도는 것이었다. 나하고 마주치자 누가 먼저랄 것 없이 우리는 마주 보고 깔깔깔 웃었다.

우리 딸아이도 예외는 아니다. 중학교 입학을 하고 나서였다. 어느 날 아이 방을 청소하는데 친구들하고 찍은 여러 장의 스냅사진이 책상 위에 흩어져 있었다. 자세히 보니 사진 속의 딸아이가 입고 있는 의상은 중학생 아이가 입어도 무난한 젊은 스타일의 내 바바리였다. 사진이 증명한 움직일 수 없는 사실 앞에서 아이와 나는 한바탕 자지러졌다.

어느 날 외출했다가 집으로 돌아오는 길이었다. 동네 모퉁이를 돌아 저 멀리 집을 향해 걷고 있는데 여자아이 두세 명이 우리 집 앞에 아른거렸다. 멀리서 나를 보더니 합창을 하듯 큰소리로 "○○야~~" 하고 딸아이를 부르는 게 아닌가. 매일 같이 붙어 다니던 자칭 4인방, 딸아이 친구들이었다. 돌발상황, 하필 그날따라 나는 딸아이가 입었던 바바리를 입고 있었다. 마음은 뒷걸음질 쳤지만 어쩔 수 없이 뻘쭘하니 그냥 앞을 향해 걸었다. 점점 거리가 가까워지자 마침내 나를 확인한 아이들은 얼굴이 붉으락푸르락 쑥스러워 어쩔 줄 몰라 몸을 배배 꼬며 자지러졌다. 나 역시도 계면쩍어 어정쩡하게 웃고 말았다.

이렇듯 여자는 어릴 적부터 미(美)에 관심이 참 많다. 아름다움을 추구하는 본능 때문일까. 백화점 진열상품만 봐도 확연히 드러난다. 옷이나 화장품, 가방 등, 진열상품 80%가 여성 전유물이다. 쇼핑객 역시 대부분이 여인들이다. 여인들이 소화할 수 있는 의상은 한정되어있지 않다. 남성들의 영역까지 넘나들며 자유자재로 변신을 꾀한다.

아마도 내 나이 40대 후반쯤이었던 것 같다. 아이들이 둥지를 떠나자 마음이 깃털처럼 가벼워졌다. 젊은 날 심적 고통 속에서 살아온 그 잃어버린 세월을 보상이라도 받고 싶었던 걸까. 날갯짓이 하고 싶었다. 다시 한번 날고 싶었다. 미시족을 흉내 낼 요량으로 여자로서 제2의 도약을 꿈꾼 것이다. 한동안 어설프게 비상하는가 싶더니 얼마 지나지 않아 우선순위가 건강으로 바뀌었다.

몸에 좋다는 건강식품이 하나, 둘, 늘어나기 시작했다. 무엇이 어디에 좋다는 말만 들어도 귀가 솔깃, 팔랑 귀가 되었다. 그것도 모자라 시내에 있는 의료기 홍보센터까지 들랑거렸다. 그러다가 그만, 그들의 입담에 넘어간 적도 있다.

친정어머니가 내 나이 무렵이었던 것 같다. 외지에서 약장수가 들어와 공터에 자리를 잡으면 매일 같이 출석했다. 그들은 플라스틱 바구니나 휴지 등을 주면서 사람들을 꼬드겼다. 그러다가 결국, 귀가 얇은 어머니는 구성진 그들의 입담을 이기지 못했다. 검증도 안 된 한약을 비싼 값으로 사 오는 바람에 언니가 총대를 메고 해결사 노릇을 한 적도 있다. 말년에는 모든 걸 내려놓을 수밖에 없는 상황임에도 어머니는 초지일관, 끝까지 놓지 못한 것이 있었다.

거동이 자유롭지 못한 구순의 연세임에도 옷가지라든가 신발 등을 살 때 당신의 취향을 포기하지 않았다. 자식이 사 드리는 옷이나 신발조차 마음에 들지 않으면 멀찍이 밀어놓고 다시는 거들떠보지 않았다. 그런 걸 보면 여자는 죽을 때까지 여자라는 말, 만고불변의 진리임에 틀림이 없다. 나는 지금 어머니가 걸어가신 그 길을 따라 걷고 있다. 그 모습 그대로 답습하고 있다.

외출했다가 돌아오는 길에 무심코 하늘을 본다. 해가 서산 가까이 기울어있다. 내가 서 있는 지점이 저 위치일까 생각하니 조급해진다. 더는 가기 싫다며 마음은 비명을 지른다.

젊은 날에는 풍성하면서도 어딘가 빈 듯한 허전한 가을을 무던히도 좋아했다. 어슬녘 산모롱이에서 서늘바람에 한들거리던 하얀 들국화만 봐도 마음이 촉촉이 젖어 들던 그 가을…. 또 붉게 물든 낙조나 저녁노을은 내 감성을 얼마나 자극했던가. 눈이 시리도록 아름다운 그 자연의 오묘한 변화에 감전되어 넋을 잃고 바라보며 환호했던, 그랬는데 이젠 낙조도, 노을도 더는 마음이 가지 않는다.

이젠 희망과 벅찬 감동으로 동녘에서 힘차게 떠오르는 미래 지향적인 태양이 더 좋다. 생동감 넘치는 이 봄이 너무나 아름답다.

의자

딸아이가 초등학교 때부터 쓰던 의자를 대학에 진학하면서 이어 내가 사용해왔다. 20여 년을 훌쩍 넘겼는데도 모양, 색깔, 무엇 하나 흠잡을 데 없는 게 세월이 비껴간 여인 같다. 의자에 앉을 때마다 품 안으로 쏘옥 들어오던 어릴 적 귀여운 모습을 보는 것 같아 더욱 마음에 들었다.

그러던 것이 언제부턴가 앉기만 하면 몸이 자꾸 투정을 부렸다. 잠깐만 앉아 있어도 엉덩이가 아프기 시작했다. 한번 마음에서 멀어지니 보기만 해도 엉덩이가 아픈 것 같았다. 나중에는 생각만 해도 엉덩이로 손이 가고 점점 구박덩이가 되었다. 눈에 콩깍지가 씌는 건 남녀관계뿐만이 아닌 모양이다. 지금에서야 자세히 살펴보니 쿠션이 없는 것이다. 모양만 보고 산 내 탓이다. 아이는 이 딱딱한 의자가 얼마나 불편했을까, 미안해진다.

새 의자를 구입하기로 했다. 한없이 꾸물대다가도 결정하면 바로 실행에 옮겨야 하는 급한 성격 탓에 오후 당장 시내 가구점을 돌기 시작했다. 모양이 좋고 편해 보이면 앉아 보기를 수차례. 마음에 차지 않아 다음날 논산으로 향했다. 혹시나 했던 그곳의 의자들도 역시나였다. 까다로운 성격 아니랄까 봐 나는 결국 하루 시간을 내어 대전으로 원정을 갔다. 갈 땐 부푼 마음이었지만 올 땐 실망만 가득 안고 돌아왔다.

그러던 중에 믿을만한 지인의 추천이 있었다. 사용해봤는데 편하다며 ○○백 제품을 권하는 것이었다. 인터넷으로 사는 걸 꺼리는 나에게 유명 메이커라 직접 확인해보지 않아도 만족할 거라며 자신했다. 그의 말은 늘 믿음이 갔다. 의심 없이 주문해버렸다.

며칠 후, 배달되어온 의자는 흡족했다. 모양도 예쁠 뿐만 아니라 고급스럽고 앉아 보니 무척 편했다. 한 바퀴 빙그르르 돌아본다. 돌 때마다 등 뒤 좌우의 두 날개가 번갈아 허리를 받쳐주는 것이 업은 아기를 행여 떨어뜨리기라도 할까 봐 노심초사하는 엄마의 손길 같다. 과연 명불허전(名不虛傳)이었다. 좌우로 돌며 아이처럼 좋아하다 보니 문득 요즘 어디서든 쉽게 볼 수 있는 다양한 의자들이 떠오른다.

앉으면 온몸을 포근히 감싸주어 두 눈이 사르르 감길 것 같은 푹신한 소파, 자연을 바라보며 휴식을 취하라고 공원에 놓여 있는 벤치. 또 아기들 모습처럼 앙증맞은 모양으로부터 톡, 톡, 튀는 젊은이들의 패션 감각이 느껴지는 컬러풀한 디자인들. 그런 의자들이 요즘 외출만 하면 여기저기서 예쁜 얼굴(?)을 디밀며 서로 앉으라고 조른다. 그러고 보니 가수 서유석의 '빈 의자'란 대중가요가 생각난다. "서 있는 사람은 오시요~ 나는 빈 의자~" 그렇다. 노래 가사처럼 아무나 앉아 쉴 수 있는 것이 의자다. 반면에 아무나 앉을 수 없는 의자도 있다.

젊을 적, 가끔 볼 일로 공공기관을 찾을 때마다 으레 눈에 들어오는 것이 있었다. 사무실 내의 의자 배치다. GDP가 높은 지금과는 달리, 생활환경이 열악했던 당시엔 다리만 부러지지 않으면 낡은 의자도 버리지 않고 썼다. 바로 맨 앞 창구에서 손님을 맞는 말

단직원이 사용하던 의자다. 중간에 자리한 계장급은 그보다는 조금 나았다. 안쪽에 위치한 검은색 회전의자는 두툼하고 컸다. 그리고 휴식할 수 있도록 머리 받침까지 부착된 고급품이었다. 그 덩치 큰 검은 의자는 보는 것만으로도 위축되고 위압감이 느껴졌다. 조직의 위계와 서열에 따라 의자 배치뿐 아니라 크기나 품질까지 다르다는 걸 알 수 있었다. 이 땅에 사는 사람들은 그 높은 의자의 주인이 되는 것을 소망하며 살아간다. 해서 직장 일이 아무리 고되어도 그 높은 의자를 바라보며 한 계단, 한 계단 밟고 오르는 것이다.

아이가 초등학교 때 반 아이 집을 방문한 적이 있다. 현관을 들어서자 거실벽에 걸려있는 〈된 사람 든 사람 난 사람〉이란 가훈이 시선을 잡았다. 자식에 대한 부모의 열망이 고스란히 녹아있는 독특한 가훈이었다. 잠시 뒤 그 집을 나오면서 생각했다. 세 가지 다 갖춘 사람은 없을 거라고. 그래도 든 사람, 난 사람은 많다. 내가 공공기관에서 보았던 검은색의 크고 편안한 회전의자는 모두 그들 몫일 것이다. 그리고 다시 〈된 사람〉을 떠올리니 오래되었지만 지금도 잊히지 않는 기억 속의 한 여인이 떠오른다.

그날, 모 단체에서 경로대학 잔치가 있었다. 이른 저녁 식사가 끝난 후 마지막 정리를 남겨둔 채 문을 나서는 내 뒤로 함께 일하던 여인의 목소리가 뒤따라 나왔다. "남편도 없는데 왜 일찍 가려고?"하는 짧은 말 한마디. 집에 오는 내내 기분이 언짢았다. 집에 와서도 불쾌한 감정을 떨치지 못했다. 불편한 마음을 털어내려고 다시금 곰곰이 생각해 보니 별것 아니었다. 사실을 얘기한 것일

뿐 기분 나쁠 것까진 없는 말이라 여기고 잊어버렸다.

그날 밤 아홉 시경, 전화벨이 울렸다. 생각지도 않은 그녀의 목소리가 들려왔다. 집에 가서 생각해 보니 자기가 한 말이 마음에 걸리더라는 것이다. 그녀의 외모는 그릇으로 치면 뚝배기 같다고나 할까. 그런 투박스러운 그릇에 섬세한 마음씨가 담겨 있을 줄이야. 그 한마디는 그야말로 촌철살인(寸鐵殺人)이었다. 내 마음에 조금이라도 남아있을 섭섭한 감정 찌꺼기까지 말끔히 씻어 주었다.

멀리 이사를 간 까닭에 이제 그녀를 만날 일은 거의 없다. 하지만 오늘처럼 아주 가끔 그녀를 떠올릴 때마다 그 이야기가 함께 떠오르는 것은 내가 받은 감동의 부피가 컸던 때문이리라.

이처럼 남의 옳고 그름엔 엄격한 잣대를 들이대지만 정작 나 자신에겐 관대하다. 여과되지 않은 물을 엎지르듯 수시로 쏟아내는 종횡무진한 언행. 그러고 나서 자신의 그릇됨을 감추고 합리화하기에 나는 얼마나 급급해했던가.

아름다운 마음이 담긴 그릇에서는 맑은소리가 흘러나온다. 그 맑은소리는 듣는이의 마음을 적시고 자신의 됨됨이를 알려준다. 좋은 품성은 바른 교육과 오랜 습관에서 나오고, 또 좋은 품성의 소유자는 사람들에게 따뜻한 인간미를 풍긴다. 내가 그녀를 앉혀준 높은 의자는 아무나 앉을 수 있는 의자가 아니다. 자신의 노력으로는 절대로 앉을 수 없는, 남이 앉혀줄 때 비로소 가능한 것이다. 나도 그런 의자에 앉고 싶다.

이방인

친목 모임 회원 중에 정원이 아름다운 주택에 사는 친구가 있다. 해마다 그녀는 봄부터 가을까지 꽃이 필 때마다 사진을 찍어 수시로 단톡방에 올리곤 하였다. 그녀 덕에 한 해 동안 아름다운 온갖 꽃들을 사진으로나마 눈요기하며 심심치 않게 계절의 변화를 감상할 수 있었다.

어저께 오랜만에 그녀에게서 전화가 왔다. 이런저런 이야기 중에 그녀가 올해엔 꽃 사진을 올리지 않았다는 것을 알았다. 생각난 김에 나는 그 까닭을 물었다. 그녀의 대답은, 올해에는 비가 너무 많이 와서 꽃은커녕 꽃나무조차 썩어 문드러졌단다.

그러고 보니 하늘에 구멍 난 듯 단 하루도 거르지 않고 내린 비에 마음까지도 축축이 젖어 지낸 지긋지긋했던 지난여름이 떠올랐다. 그렇게 내린 비가 장장 98일간이나 이어졌다니 꽃은 고사하고 여린 꽃나무조차 온전히 생장할 리 만무하다는 생각을 했다. 대신 잡풀만 무성하다는 그녀의 이야기를 듣고 또 다른 생각을 했다.

세계가 한창 개방의 물결이 일던 20세기 후반, 그 변화의 바람을 타고 외국의 젊은이들이 희미해진 국경을 넘어 우리나라에 숨어들기 시작했다. 처음엔 대부분이 동남아인이었다. 시골인 이곳에서는 당시 외국인을 거의 볼 수 없는 지역이었다. 그런 이곳에 가난을 피해 들어와 불법체류자라는 꼬리표를 달고 무리 지어 다니는 그들을 사람들은 신기한 듯 훔쳐보기 바빴다. 낯선 이방인인 그들을 무슨 구경거리나 되는 양, 먼발치에서 이상한 동물 보듯 힐끔거리며 수군거렸다.

그 후로 내가 근무하던 공영주차장에서도 심심치 않게 그들을 볼 수 있었다. 처음엔 거의 동남아인뿐이었는데 언제부턴가 우즈베키스탄 남성들이 뒤를 이었다. 해를 거듭할수록 우리나라보다 경제력이 약한 각 나라의 젊은 남녀들을 쉽게 볼 수 있었다.

처음엔 조수석에 탔던 사람이 시간이 흐르면서 낡은 승용차일망정 자가 운전자가 돼 있었고, 시나브로 남녀 막론하고 여봐란듯이 좋은 차 주인이 되어 주차장을 드나들었다. 그들은 산업현장이든 어디든 환경 탓하지 않고 불러만 주면 달려가는 우리나라 3D 업종에 종사하는, 소위 말하는 블루칼라이다.

억척스러운 사람들이었다. 언어의 벽도 두려워하지 않고 외국인 신분으로 물설고 낯선 남의 나라에 와서 운전대를 잡고 몸으로 벌어먹고 사는 그들이 대단해 보였다. 그런 그들을 보면 아직 면허증조차 없는 내가 한없이 작아 보이고 어깨가 움츠러들었다. 핑계 없는 무덤 없다고, 그런 생각이 들 때마다 난 겁이 많아 지금껏 배울 생각조차 안 해봤다는 궤변으로 마음을 달래보지만 자동차가 발 같은 요즘 비운전자는 무능해 보이는 건 사실이다. 엄연히 내가 이 땅의 주인이면서도 그들에게 길을 터주고 비켜 서 있는 꼴이라니, 주객이 전도된 기분이었다.

얼마 전 가까운 도시에 살고 있는 친구한테서 전화가 왔다. 그녀는 다문화 가정을 찾아다니며 우리나라의 언어와 문화를 가르치는 사회 복지사이다. 잠시 휴식 시간을 이용해서 전화했다는 그녀에게 궁금증 하나를 물었다. 늦은 나이에 학문의 길로 들어선, 내가 다니는 학교의 과 친구 중에 20대 중반의 젊고 예쁜 베트남 여인이 있다는 얘길 들려주었다.

그녀는 서툰 언어만 들키지 않는다면 영락없이 깨끗한 피부의 대한민국 토종 미인이다. 우리나라 언어는 비슷한 뜻의 단어가 많아 외국인들이 익히는 데에 어려움을 겪는다는데 그녀는 말이 조금 어눌할 뿐 언어를 자유자재로 구사하는 능력이 있었다. 공부나 과제 또한 무리 없이 해냈다. 그런 그녀가 내 눈에 참 신기했던 것이다.

늘 내 질문에 명쾌한 답을 내놓던 친구는 망설임 없이, 우리나라에 들어와서 사는 외국 젊은이들은 모두 사막에 보내도 살아 돌아올 보통은 넘는 사람들이라고 했다. 그 말에 고개를 끄덕였다. 그리고 생각했다.

내가 만약 저들과 처지가 바뀌었다면 나는 다른 나라에 가서 밑바닥을 훑으며 저들처럼 억척스럽게 앞날을 개척해 나갈 자신이 없다는. 더더구나 텃새 심한 낯선 땅에서 인종 차별에 따가운 시선까지 받으며 후 대까지 미운 오리 새끼로 살아가야 한다는 것은 참기 어려운 굴욕이기 때문이다.

생각해보면 우리야말로 불법 체류의 원조 격이 아닌가 싶다. 지금처럼 문명이 발달한 시대가 아닌 2차 세계대전 시, 먹고 살기 위해 막연히 아메리칸 드림(American dream)을 꿈꾸며 미지의 땅을 밟았던 우리의 선조들. 낯선 땅의 낯선 사람들로부터 당한 모진 고난과 고초 속에서 생사를 넘나들면서도 오늘날에 이르기까지 맥을 이어 온 생명줄. 낯선 땅에 깊게 뿌리를 내린 그분들의 후손인 재미교포나 재외 교포 3세의 성공신화가 가끔 들려올 때가 있다. 그럴 때마다 책을 통해서 알게 된 한 알의 밀알이 된 우리 선조들의 지난날을 떠올리며 가슴이 뭉클함을 느낀다. 그들이 남긴 자랑스러운 후손들이야말로 무(無)에서 유(有)를 창조한 한국인의 표상이었다.

시집살이를 맵게 한 시어머니가 며느리 시집살이를 더 맵게 시킨다고 했다. 어린 나이에 객지로 떠돌며 산전수전 다 겪은 천덕꾸러기처럼, 우리 선조 또한 일찍이 세상 밖을 돌며 외세로부터 쓰디쓴 맛을 본 터이지만 후손인 우리가 저들에게 보내는 눈빛만큼은 가혹하리만치 냉소적이다.

우리는 TV 프로인 〈동물의 왕국〉을 보고 배워서 잘 안다. 집에서 주인이 제공하는 편안한 안식처와 먹이를 받아먹으며 살아가는 유순한 동물과는 달리, 야생의 동물은 포악하다. 생존의 법칙에서 살아남으려면 환경에 적응해야 하고, 또 스스로 적으로부터 자신을 지키며 살아가는 법을 터득해야 하니 성격은 강하고 난폭해질 수밖에 없다. 집에서 기르던 개도 들개의 길로 들어서면 환경의 영향을 받아 성질이 사나워진다고 한다. 그러고 보면 식물이든, 동물이든, 모든 생물은 홀로서기 할 때 자립심이 강해지고 성격 또한 더욱 억세진다는 걸 알 수 있다.

친구네 집 꽃밭에 잡풀이 무성하단다. 토종 꽃나무조차 살 수 없는 열악한 환경에도 알게 모르게 한 뼘, 두 뼘, 영역을 넓혀가는 잡풀. 땅을 일단 움켜잡은 잡풀은 시간이 지날수록 제거하기가 쉽지 않다. 또 기르던 작목의 작황까지도 방해한다.

한때 우리 민족을 백의민족, 단일민족이라 칭하며 자랑스러워 한 적이 있다. 하지만 어쩌겠는가. 이젠 거스를 수 없는 세계화의 시류에 떠밀려 내 나라에서 저들과 함께 호흡하며 살아갈 수밖에 없는 사이가 된 것이다. 앞으로 저들이 없으면 공장의 기계조차 멈출 수도 있다 하니 궂은일을 도맡아 하는 저들을 마냥 싫어할 수만도 없겠다. 비록 물과 기름처럼 섞이지 못하고 영원히 평행선을 달릴지라도 악어와 악어새처럼 서로 공생하며 살아가는, 그게 바로 세계화에 걸맞는 생존 방식 아닐까.

1400년 전 역사 속으로

어느덧 가을이다.

피부를 스치는 공기의 까슬한 감촉이 개운하다. 창문을 연다. 한층 높아진 푸른 하늘에 두둥실 떠 있는 흰 뭉게구름이 온갖 모양을 만들어내며 흘러간다. 평화롭다. 불과 일주일 전만 해도 서울의 부촌인 강남에 장대비를 퍼부어 온 국민의 시선 집중은 물론, 그곳 부르주아들을 깜짝 놀라게 하더니 처서가 지나자 언제 그랬냐는 듯 맑은 날이 이어지고 있다. 가을은 늘 그렇게 우리 곁으로 다가온다.

이런 날은 집 안에 있기엔 왠지 답답하다. 무료함도 달랠 겸 오후 일찍 나는 무작정 집을 나선다. 군청 모퉁이를 돌아서니 사거리에 늠름하게 서 있으면서도 늘 시선 밖에 있던 계백 장군 동상이 오늘따라 한눈에 들어온다.

푸른 이끼가 낀 듯한 청동의 준마 위에서 개선장군 모습인 한 손을 높이 치켜든 계백 장군의 늠름하고 멋진 기백, 바로 곁에 살면서도 눈길 한번 안 주고 늘 무심히 지나쳤던 건 나뿐 아니리라. 지역민들 모두가 그렇게 살아가는 것 같다. 백제 시대의 명장인 그가 후손들에게 이런 홀대를 받다니 인지할 수 있다면 퍽 슬프겠다. 오늘은 계백 장군이 살아 계신다면 신명 날 오후를 만들고 싶다. 바로 타임머신을 타고 먼 백제로의 시간여행을 떠나보기로 했다.

읍내 입구에 수호신처럼 우뚝 선 계백 장군 동상을 돌아 남쪽 방향으로 걷는다. 조금 걷다 보면 500여 미터 지점에 자리한 오천 결사대 충혼탑이 나온다. 멀리서 보면 소나무 군락에 묻혀 머리 부분만 보이는데 얼핏 아랍 이집트의 옛 파라오가 썼던 왕관 같기도 하고, 아무튼 전사의 머리에 쓰는 투구모양이란 생각에 볼 때마다 치열했던 백제의 마지막 전투를 떠올리게 한다. 충혼탑은 부여를 대표하는 상징적 의미가 담겨 있는 탑으로 그 앞에 서면 숙연해진다.

투구와 갑옷, 칼과 창으로 무장한 조각가의 손에 정교하게 다듬어진 장수들의 용맹스러운 모습을 보니 간접적으로나마 당시의 피비린내 나는 긴박했던 순간들이 느껴지는 듯하다.

계백은 지금의 논산 부근에 있는 황산벌까지 쳐들어온 신라의 김유신 장군이 이끄는 5만 대군의 강한 신라군과 맞대결하게 된다. 50000 대 5000, 그야말로 계란으로 바위 치기, 또 다른 표현을 들자면 다윗과 골리앗 싸움인 것이다. 서로 맞붙어 봤자 필패가 분명하지만 풍전등화(風前燈火) 같은 나라를 두고만 볼 수 없어 오로지 애국이라는 한가지 일념으로 5천 명의 결사대를 이끌고 전쟁터로 뛰어든 것이다.

충신인 계백은 나라를 위해 기꺼이 이 한목숨 바치겠다는 각오였겠지만 바람 앞의 등불 같은 나라와 가족을 번갈아 떠올려볼 때 무어라 형언할 수 없는 복잡한 심경이었을 게다. 싸움에 졌을 시 가족이 당할 수모나 몰살을 예감했을 그는 적군에게 그런 치욕을 당하는 걸 원치 않았을 터. 마음을 굳힌 계백은 신변 정리부터 감행한다. 계백은 전쟁터로 나가기에 앞서 잠시 집에 들러 장도로 처자식의 생명줄을 벤 후, 사지(死地)로 향한다. 극한 상황에서 죽으면 죽으리란 각오로 임한 것이다.

황산벌에서의 싸움에서 그는 처음엔 치고 올라가는 것 같았으나 힘이 달려 결국 신라의 김유신 장군에 의해 장렬하게 산화하고 만다. 잘 알려진 대로 계백의 황산벌 전투 직전 취한 그의 행동을 다시 떠올리면 잠시 생각에 잠기게 된다. 가족의 숨통을 끊고 적지로 뛰어들다니 요즘에도 그런 멋진 전사가 있을까. 나는 그런 생각이 들 때마다 없다고 단정했다.

그런데 요즘은 내 생각이 바뀌었다. 왜냐하면 우크라이나와 러시아의 전쟁에 용병(傭兵)인지 오합지졸(烏合之卒)인지는 모르겠으나 자진 참여하고 돌아온 전직 대위 출신인 이근이라는 유튜버를 보았기 때문이다. 우크라이나는 지구 반대편에 있는 나라로 우리나라하고는 지난 역사를 보아도 좋은 일로 엮인 게 전혀 없는데도 자칫 죽을 수도 있는 전쟁터에 자발적으로 출국한 걸 보면 일종의 영웅심리(英雄心理)가 발동한 건 아닐까 하는 생각도 든다. 어쨌거나 내 나라에서 전쟁이 발발한다면 그런 정신이 살아있는 젊은이는 또다시 나올 거라 확신한다. 내 나랏일이기 때문에 더더욱….

맑은 날씨에 기분이 업 되나 보다. 나도 모르게 콧노래를 부르며 곁에 있는 궁남지로 향한다. 궁남지는 백제 시대 무왕 때 만들어진 인공 연못이다. 궁의 남쪽에 있다 하여 궁남지라 이름이 붙여졌단다. 연못이 내려다보이는 곳곳에 군에서 비치해 놓은 그네가 있다. 다가가 그 위에 앉는다. 그네에 앉아 사방 어디를 둘러보아도 궁남지는 아름답고 평화가 넘쳐흐른다. 이곳을 찾을 때마다 잠시 앉아 쉬는 그네는 내 쉼터로 안성맞춤이다.

못 가에 즐비한 수양 버드나무가 미풍에 일렁인다. 수령이 얼마나 되는지는 모르겠지만 고목 진 아름드리나무로 볼 때 나이테가 꽤 되는 것 같다. 길게 드리운 부드러운 나뭇가지가 잔바람 타고 연못물에 적시는 걸 볼 때마다 마치 여인이 머리를 풀어 헤치고 감는 착시에 빠지곤 한다.

못 중앙에 시선을 둔다. 곱게 단청 옷을 입고 정중앙에 자리한 포룡정, 여름이면 정자를 에워싼 연못 속에서 시원한 분수가 솟구친다. 포룡정과 분수…, 고전과 현대의 만남에 처음엔 아이러니했다. 그러나 안 어울릴 것 같으면서도 절묘한 어울림이 있다.

또 한 가지 곁들인다면 궁남지는 서동과 선화 공주의 사랑 이야기로도 유명하다. 〈삼국유사〉에 나와있는 지금으로부터 1400여 년 전의 이야기니까 전설 같은 이야기로 전해 내려오는 동안 왜곡된 부분도 있겠지만 아무튼 남녀 간의 애틋한 사랑 이야기는 동서고금은 물론 시대를 초월한 고대에서도 빠뜨릴 수 없는 이야기 중 단골 메뉴 아닌가 싶다.

연(蓮)이 심어진 주변의 드넓은 연지에는 매년 7월이면 연꽃이 가득 핀다. 축제까지 열려 외지의 많은 발길이 꽃을 보려고 이곳을 찾는다. 나는 수줍은 듯 다소곳이 고개를 숙인 발그레한 연화(蓮花)를 볼 때마다 환생한 삼천궁녀로 착각한다. 바라보다 보면 궁중음악이 울려 퍼지며 금방이라도 붉은 곤룡포를 입은 의자왕이 행차할 것만 같다.

그네에서 일어나 콧노래를 흥얼거리며 9월의 연지 사잇길을 걷는다. 이젠 외지인들의 발길이 뜸해졌지만 여전히 지역민들의 발길은 이어지고 있다. 그러나 시든 꽃대가 꺾이고 추한 모습으로 사위어가는 연밭엔 더 이상 뭇사람들의 눈길이 머물지 않는다. 점점 관심에서 멀어져 가고 있다. 나는 다시 정림사지를 향해 발걸음을 옮긴다.

정림사지에는 백제 시대를 대표하는 5층 석탑과 좌상이 자리하고 있다. 백제의 멸망과 함께 많은 문화재가 불에 타 없어졌다고는 하지만 이처럼 남아있는 문화재 중 일부는 작은 시내 곳곳에서 만날 수 있다. 정림사지 또한 시내 중앙에 위치해 있다.

잠시 뒤 정문에 도착해 문을 열고 들어서니 절터 중앙에 위치한 5층 석탑이 맞아준다. 백제가 멸망한 후 애절한 사연을 간직한 채 비바람을 맞으며 1400여 년을 묵묵히 견뎌온 석탑이래서일까. 그 앞에 서니 애잔한 마음과 함께 고대를 살다간 왕을 마주한 것 같아 머리가 숙여진다. 원래는 목탑이었는데 불에 타 없어지고 5층 석탑으로 재건되었다는 것이다. 현재 백제 시대의 남아있는 탑으로는 익산 미륵사 터 탑과 정림사지 5층 석탑 2기뿐이란다. 정림사지의 5층 석탑이야말로 백제 시대를 대표하는 완성품으로 꼽힌다 하니 후손들에게 백제의 석공 기술을 엿볼 수 있는 자료제공뿐 아니라, 당시 탑의 수려한 자태를 다시금 감상할 수 있도록 오랜 기간 제 모양 잘 간직하고 버텨준 석탑이 고맙다.

석탑 뒤편에 있는 건물 안으로 들어갔다. 그곳에는 방치된 듯 오랜 기간 건물 밖에서 비바람을 맞으며 자리를 지키던 좌상이 모셔져 있었다. 머리와 몸통이 분리되어있을 뿐 아니라 왼쪽 뺨은 부은 듯하고 얼굴의 이목구비는 두루뭉술하니 시대를 거쳐오는 동안 세파에 시달린 흔적이 역력하다. 한눈에 부상당한 듯 온전하지 못한 형태라는 걸 알 수 있었다. 그러다 보니 관리 차원에 건물 안으로 모셔진 것이었다. 좌상은 고려 때 지어진 정림사의 보물로 백제 시대를 거쳐 오늘날에 이르렀다고 한다. 많은 문화재가 불에 타 없어진 까닭에 더더욱 진귀한 보물들이다.

이번에는 성왕을 만나 뵈러 보건소 앞으로 고~ 고~ 먼발치에서 성왕이 앉아계신 지점을 바라본다. 안 계신다. 왜일까. 외출하셨을 리는 만무하고 다시 주변을 살펴본다. 오호~ 통재라! 그곳에는 색이 바래고 헤진 누더기를 걸친 것 같은 남루한 차림의 노인이 앉아 계셨다. 가까이 다가가 보니 성왕 님이셨다. 오랜 기간 비바람을 맞으며 앉아있다 보니 의상 색이 변색되어 그렇게 보인 것이다. 용좌에 앉아있는 임금님의 모습은 쉬 범접할 수 없는 기품과 위엄이 차고 넘쳤다. 처음 이곳에 모셨을 적엔 누런 황금색 옷이었다. 그땐 그 광채에 눈이 부셔서 쉽게 눈에 띄었는데 무심하게 살아오다 보니 추레해진 성왕 님을 곧바로 캐치하지 못한 것이다. 성왕이 아니었다면 어찌 부여가 백제의 수도가 되고 또 세계 유네스코에 등재될 수 있을까. 부여가 옛 백제의 도읍이 될 수 있었던 것은 모두 웅진에서 수도를 백제로 천도한 성왕 덕이다.

순서상 왕릉에 가서 역대 왕들께 인사를 드려야 마땅하겠지만 생략하기로 했다. 예전에 이곳 왕릉을 거쳐 공주 무열왕릉까지 다녀온 적이 있기 때문이다. 당시 무덤 입구에 그려져 있는 벽화와 또 무덤이라는 이미지가 주는 으스스한 느낌이 안으로 들어가는 발걸음을 막았던 것 같다. 설령 들어간다 해도 유골은 없고 빈 무덤일 테지만. 이곳에서는 대략 한나절이면 관광을 끝낼 수 있으니 이처럼 부여의 문화재는 단조롭다.

돌아다니는 내내 중2 때 수학여행 갔던 경주 불국사와 비교되었다. 그곳을 관광하는 동안 두 눈이 엄청 호강했다. 문화재의 원형 그대로 너무나 잘 보존되어있어 찬란했던 신라의 면모를 생생하게 엿볼 수 있는 계기였다. 지금도 가끔 그곳이 생각날 때마다 다시금 찾아가 보고 싶다는 생각을 한다. 당시 왕비가 입었던 옷이라는 붉은 비단옷을 보며 무척 신기해했던 기억이 아직도 새록새록 하다. 또한 디테일한 기법의 화려하고도 아름다운 금관, 지금 생각해봐도 당시에 원석을 세공하는 기술이 발달했었다는 것은 참 놀라운 일이다. 탑 중에서는 독특한 다보탑이 시선을 끌었다. 정교하게 쪼아서 만든 보기 드문 화려하고 아름다운 탑이었다.

우리 부여에도 많은 보물들이 불에 타버리지만 않았다면 그 못지않았을 거라 생각하니 의자왕이 원망스러워진다. 하지만 박물관에 가면 부족한 대로 당시의 흔적들을 만날 수 있어 그나마 다행이다.

나는 세계 유네스코에 시내 전체가 등재된 이곳에서 사는 게 자랑스럽다. 그런데 내 딸아이는 전혀 아닌 모양이다. 이곳에서 자랐으면서도 감동은커녕 시골이어서 싫단다. 직장 동료나 친구들한테 태어나서 잠시 살았던 대전이 고향이라 한다 하니 대역 죄인인 의자왕이야 입이 열 개라도 할 말이 없겠지만 성왕 님이 이 사실을 안다면 두 눈을 부릅뜨고 격노할 일이다.

나는 부여를 벗어나 타지를 방문했을 때 어디서 왔느냐고 누가 물으면 망설임 없이 부여라고 자랑스럽게 말한다. 또 돌아올 때 길목에 부여라는 이정표만 봐도 훈훈한 마음이 드니 난 영락없는 맞춤형 부여 사람이 분명하다. 앞으로도 나는 지금처럼 부여인이라는 것에 긍지를 가지고 살아갈 것이다.

2장

인륜지대사

사진

아이가 빠져나간 텅 빈 아침, 차 한 잔으로 하루를 시작합니다. 맞은편 문갑 위에 놓인 아이의 중학교 졸업식 날 함께 찍은 사진 한 장이 내 시선을 잡습니다. 나도 모르게 소파에서 일어나 사진 앞으로 다가가 앉습니다. 옆에 서 있는 내가 올려다볼 정도로 커버린 아이가 대견스럽습니다. 마음으로 눈길로 어루만지다가 나는 초점이 흐려진 시선으로 지난 시간을 헤집습니다.

아이가 태어나고 나서 가정적으로 꽤나 힘든 시절이 있었지요. 흐느끼는 내 등에서 꿈틀대던 아가의 작은 움직임이 지금도 느껴집니다. 아가의 따스한 체온과 등을 간질이던 여린 심박동을 느끼며 아파했던 마음이 다시금 전해 오는 듯합니다. 바닥에 주저앉은 삭막한 현실 앞에서 사랑하는 아가에게 아무것도 해 줄 수 없는 안타까운 모정을 엄마들은 이해할 수 있겠지요.

또 태어날 때부터 머리가 컸던 아이는 앉아서 놀 무렵, 자주 뒤로 넘어가 방바닥에 머리를 찧어 내 마음을 아프게 했지요. 그 때문일까요. 자꾸 밖으로만 나가려고 하던 서너 살 무렵에도 보디가드처럼 꼭 따라다니는 과보호 엄마가 돼버렸답니다.

언젠가, 아마 네댓 살 때로 기억됩니다. 이웃에 하루 두 차례 정도 과잣값을 쥐어야만 아이를 소리 없이 데리고 놀던 두 살 위의 개구쟁이 아이가 있었지요. 하루는 아이가 잘 노는지 궁금해서 창문을 열고 살펴보니 그날따라 우리 아이가 앞장서서 큰 목소리로 진두지휘를 하는 게 아니겠어요? 정말 이상한 일일 수밖에요. 어쩐 일일까, 종일 고개를 갸웃했죠.

해가 서산에 걸릴 즈음에서야 아이는 노는 게 지쳤는지 봄볕에 그은 가무잡잡한 얼굴로 들어왔습니다. 언뜻 보니, 입고 있던 자주색 남방 주머니에 천 원짜리 지폐들이 아무렇게나 접혀서 꽂혀있었습니다. 아하! 그제야 종일 대장 자리를 지켰던 이유를 알았지요. 아이들의 세계에서도 돈이 그렇게 중요한 것이었나 봅니다. 지갑을 아무렇게나 놓아두었더니 돈에 대한 개념이 없는 아이가 만 원짜리 하나를 집어다가 동네 아이들을 모아 잔치를 벌인 것입니다.

봄볕이 따스합니다. 따스한 햇볕 따라 쏟아져 나온 아이들의 노는 소리로 밖이 소란스럽습니다. 조용히 창문을 열어봅니다. 자전거 타는 아이, 공을 차는 아이, 넘어져 우는 아이, 집 뒷마당에는 어느새 낯선 아이들로 가득 찼습니다.

내 아이가 태어나서 자란 동네, 눈 감고도 뭐가 어디에 있는지 훤히 알 수 있는 동네, 아이가 누비던 골목마다 아이의 체취와 숨결이 배어있습니다. 또 골목마다 아이의 작은 소리가 들리는 듯합니다. 그 아이들의 목소리와 체취가 배어있는 골목에는 다른 또 한 세대의 어린아이들이 채워 가고 있습니다.

참 세월이 빠릅니다. 어느 날 갑자기 목울대가 생겼다며 신기한 듯 만지더니 이어서 목소리가 변하고 얼굴 모습도 변해버렸습니다. 이젠 어디에서도 유년의 모습은 찾을 길이 없습니다. 품 안에 쏘옥 들어오던 아이는 어느덧 열아홉 살, 둥지가 비좁은지 이젠 더 넓은 세상을 향해서 서서히 날갯짓을 하려고 합니다.

함께 어울려 놀던 어떤 아이는 대학에 가고, 또 어떤 아이는 멀리 이사 가고, 학교에서 밤늦도록 홀로서기 하는 법을 익히느라 보기 힘든 아이들이 되었습니다. 공부하고 늦은 시간에 들어오는 아이에게 웃음 띤 얼굴로 눈을 맞추며 말합니다. "힘들지? 한국이니까 한국 법을 따라야지 어쩌겠니. 몇 년이 몇십 년을 좌우하니까 열심히 해." 공부에 시달리는 아이가 안쓰럽지만 이 말 말고 달리해줄 수 있는 말이 또 무슨 말이 있을까요.

또 몇 년 있으면 군대 간다고 야단이겠지요. 남자는 2년 군대 생활을 하고 나와야 어른 대접 받는다고 미리 세뇌 교육을 시킵니다. 어쩌면 인생이란 장애물 경기 같은 것인지도 모른다는 생각을 해봅니다. 하나를 넘으면 또 하나가 기다리고 있는.

다시 시간을 거슬러 생후 7, 8개월 무렵의 아이를 생각해봅니다. 유모차에 태워 데리고 나갔다가 걸음마를 하는 17개월 된 아이를 보고 부러워했던 기억을요. 이렇게 큰아이가 되어 내 곁에 있을 거라는 생각은 못하고 말이지요.

지난날 돌이켜보면 아이는 바로 내 삶의 원천이었습니다. 삶에 지치고 힘들어 주저앉았을 때 다시금 일어서게 해준 원동력은 바로 아가의 작고 여린 숨결이었습니다. 그 아이가 이제 서서히 내 곁을 떠나려 합니다. 어설픈 날갯짓을 시도하려 합니다. '네 시작은 미약하였으나 네 나중은 심히 창대하리라'란 성구를 조용히 음미해 봅니다. 그리고 그 위에 아이의 앞날을 살짝 포개어보며 마음속으로 기원합니다. 좀 더 큰 날갯짓으로 푸른 창공을 힘차게 비상하기를.

(2010. 4)

아버지, 우리 아버지

오늘은 아버지의 첫 추도식 날이다. 흔히 모신 사람을 불효자라 한다. 그래서일까. 말년에 직장암 수술 후 후유증으로 고생하시던 아버지를 돌아가시기 전까지 험난한 과정을 함께했던 작은언니는 준비과정부터 내내 눈물 바람이었다. 누가 말을 붙이면 금방이라도 펑펑 울어댈 것 같이 추도식 내내 흐느꼈다.

공무원으로 퇴직한 아버지는 독실한 크리스천이자 평소 생활 습관대로 부지런하시고 바른 생활이 몸에 밴 분이셨다. 또한 그에 걸맞게 언행일치가 삶의 모토였다. 아버지는 시골에선 보기 드물게 학식과 인품을 갖추셨을 뿐 아니라 일어와 한문에도 능통했다.

시골은 들일 뿐 아니라 밭일 또한 만만치 않다. 그 허드렛일은 새경을 받는 일꾼이 도맡아 했다. 모 심는 날이면 아버지는 새하얀 와이셔츠 소매를 접어 올리고 논둑을 한 바퀴 둘러보며 그 광경을 바라보다 자리를 뜨곤 하셨다. 외모 또한 남들이 공인하는 빼어난 미남이셨다.

아버지의 봉급과 농사에서 나오는 넉넉한 수입은 우리 가족을 행복하게 해주었고, 마음이 후덕한 부모님은 이웃에게 손수 나눔을 베풀었다. 평상시뿐 아니라 명절이 돌아오면 주변의 어려운 이웃들을 불러 당시에 맛볼 수 없는 떡국이나 음식을 대접하곤 하셨다.

항상 우리 집에서는 아버지의 찬송 부르는 소리가 떠나지 않았고 가족들의 웃음소리가 담을 넘었다. 춘궁기의 보릿고개조차 모르고 어린 시절을 보냈다. 그때가 아버지의 호시절이었다.

아버지의 인생 후반기는 시나브로 내리막길이었다. 퇴직 후 본격적으로 농사일에 뛰어들 그 무렵부터이다. 마른 나무를 땅에 꽂아놓아도 잎이 나고 꽃이 필 것처럼 술술 풀리던 젊은 날은 먼 옛이야기. 집안일들이 꼬이고 매듭져 좀처럼 풀리지 않았다. 살림은 망망대해에서 풍랑을 만난 듯 자꾸 기우뚱거렸다.

곳간이 쪼그라들기 시작한 원인은 바로 아버지의 아픈 손가락 때문. 구멍 난 항아리인 줄 알면서도 수시로 내미는 손길을 뿌리치질 못해 붓고, 또 부은 게 원인이었다. 가지 많은 나무에 바람 잘 날 없다고, 아버지에게 붙어있는 일곱 개의 가지에서는 수시로 번갈아 바람이 일었다. 자식들 뒤치다꺼리에 아버지의 인생은 없었다.

연말이 되면 돋보기 너머로 지난 한 해의 결산과 새해의 예산을 세우느라 주판알 굴리다가 한숨 쉬시던 작아진 아버지. 그런 모습은 내가 어릴 적 보아왔던 아버지의 모습이 아니었다.

아버지는 가세가 기울어도 그 마음속에는 오직 하나님과 가정뿐이었다. 내가 밖에서 불쑥 방에 들어갔을 때 무릎 꿇고 기도하시던 그 모습은 내 어렸을 때부터 성장하기까지 함께 사는 동안 자주 보아왔던 아버지에 대한 기억 중 하나다. 농한기가 되면 안방 아랫목에는 늘 성경책이 펼쳐져 있었고, 밑줄을 그으며 읽느라 책 위에는 붉은 색연필과 돋보기가 놓여 있었다. 오직 외길만 걷던 아버지와의 어릴 적 기억들이 주마등처럼 스친다.

자식들을 키우면서 매 한번 안 드시고 유독 사랑으로 훈육하셨던 아버지. 긴긴 겨울밤이면 동생과 나를 양 무릎에 앉혀 놓고 전래동화가 가득 든 이야깃주머니를 풀어놓으셨다. 재미있게 옛날이야기를 들려주시다가 예뻐 죽겠다는 듯이 연신 볼에 뽀뽀를 해대면 우리는 따갑다고 볼을 문지르며 혀 짧은소리로 어리광을 부렸다. 때로는 일제 강점기를 거치면서 겪은 일화를 옛날이야기 하듯 들려주셨다.

젊은 날 중국의 만주를 가던 길, 조선인이지만 당시 보기 드문 출중한 외모인 아버지가 기차역에서 일본인 역장의 눈에 띄었다고 한다. 통과 절차상 직접 사인을 해야 하는데 한문으로 막힘없이 서명하는 아버지의 이력을 물어보고선 일본에 있는 전기회사에 취직할 의향이 없느냐고 제안을 했다. 그 말에 아버지는 "나는 고향에 부모님과 처자가 있는 몸이라 돌아가야 한다."는 말을 했다고 한다. 일약 출세의 길 앞에서 다른 사람이라면 어떤 반응을 보였을까.

아버지는 20대 중반 무렵, 교회에 발을 들여놓게 되었다고 한다. 젊은 나이에 건강이 좋지 않아 걱정하던 중, 아는 분의 권유를 받고서였다. 기독교의 역사가 오래되지 않은 당시엔 도시든 시골에서든 교회를 찾아보기 힘들었다. 집에서 2킬로쯤 떨어진 교회에서 열심히 신앙생활 하던 어느 날, 아버지는 기도하는 중에 성령 체험을 한 것이다.

그 후 병이 나은 것은 물론, 심령에 변화를 받은 아버지의 신앙생활은 탄력을 받았다. 공 예배뿐 아니라 비가 오나, 눈이 오나, 세찬 바람도 아버지의 새벽 기도를 막지 못하였다.

가로등이 없던 먼 옛날, 새벽기도를 가려면 공동묘지와 언덕처럼 나지막한 야산 사이에 난 호젓한 길이 아버지가 교회에 다니던 유일한 길이었다. 야산 등성이에 키 작은 소나무들이 우거진 그 길을 지나가려면 언덕 위에서 개호주(호랑이 새끼)가 모래를 뿌려대더라는 말을 아무렇지 않게 웃으며 하실 땐 아버지 무릎에 앉아 듣던 어린 내 손에는 땀이 고여 아버지 품을 파고들었다. 무엇에 홀리지 않고서야 첫새벽에 맨정신으로 홀로 어찌 그 길을 지날 수 있을까.

세월이 흐른 후 동네에 교회가 생기면서 오랫동안 숱한 발자국을 찍었던 그 길을 접었다. 교회가 바뀌고 나서도 여전히 새벽기도로 하루를 시작하셨던 아버지. 새벽이면 잠결에서도 교회를 향해 집을 나서는 아버지의 어렴풋한 기척, 오실 땐 유난히 쿵쿵 울리는 발자국 소리가 동구 밖에서부터 새벽을 깨웠다. 괴롭고 마음이 아플 때마다 기도로 삭히신 아버지의 새벽기도는 일평생 이어졌다.

아버지는 말년에 큰 수술을 받았다. 퇴원 후에 어머니를 돌아가시기 직전까지 모셨던 작은 언니 집으로 모셔졌다. 그 후, 만 4년여를 입원과 퇴원을 반복하며 고생하시다가 결국 거처를 천국으로 옮겼다.

세상 짐을 내려놓고 천국으로의 입성이 그리도 행복하셨을까. 장례식장에서 고별 예배에 모습을 보인 아버지의 얼굴은 너무나 평온했다. 젊은 날의 행복했던, 바로 그 모습이었다. 그 모습 위에 아버지와의 각인된 수많은 기억들이 오버랩되었다.

젊은 날 머리를 민 한복차림의 무표정한 남자들 한가운데에 양복 차림의 '군계일학'으로 서 계시던 사진 속의 아버지 모습. 일본에서 선교사가 왔을 때 일어 통역을 맡고 나서 실력이 녹슬지 않았다고 좋아하셨던 모습. 수술 후 병실에서도 미남 할아버지로 불렸던 아버지….

나는 아주 가끔, 오늘처럼 생각이 많아질 때면 삶이란 무엇인가. 왜 사는가라는 무거운 질문을 내게 던지곤 한다. 그러나 답은 없다. 인생은 덧없다는 생각뿐…. 오늘 추도식을 마치고 아버지의 일생을 회고해 보았다.

나는 속물이야

어스름이 다가오는 저녁 무렵이었다. 공중전화 부스에 갇힌 것처럼 답답한 주차장 관리소를 벗어난다는 해방감에 퇴근을 준비하던 참이었다. 톡, 톡, 누가 창문을 두드리더니 드르륵 문을 열었다. 바로 뒤의 ○○가게 주인이었다. 포도즙이 피로회복에 좋다며 큼직한 박스를 들이민다. 한두 개라면 모르지만 커다란 박스를 통째로 받을 수 없어 거절했다. 그쪽은 내게로 밀고, 나는 상대에게 미는 실랑이를 벌이다가 결국은 도로 가져갔다. 미안한 일이다. 그러나 어쩔 수 없는 노릇이다. 한 달 정기주차료가 오만 원인데 그냥 모른 척해달라는 뇌물을 받을 수는 없었다.

몇 달 전에는 이런 일도 있었다. 오랫동안 주차장 곁의 고깃집 사장님이 따끈한 찐빵이나 음료수 등을 자주 줘서 고맙게 받았는데 어느 날인가 큼직한 고깃덩이를 덥석 안기는 것이었다. 돼지고기인데 맛있는 부위라는 말도 덧붙였다. 제법 묵직한 게 너끈히 서너 근은 돼 보였다. 나는 당황하여 돼지고기를 좋아하지 않는다며 얼른 되돌려주었다.

이렇게 미관말직이랄 것도 없는 주차장 관리원에게도 뇌물과 접촉할 기회가 생긴다. 하물며 고관대작은 어떻겠는가. 그 덩치 큰 뇌물을 외면하기란 쉽지 않을 것이다.

나도 뇌물을 준 적이 있다. 딸아이가 4살 때 어린이집에 가고 싶다고 했다. 가고 싶어 했던 어린이집이라서 처음에는 신이 났다. 그러더니 얼마 지난 어느 날 아침, 아이가 잠자리에서 일어나지 않았다.

"어서 밥 먹고 어린이집 가야지."

하고 간지럼을 먹이는 내게,

"엄마~ 셩생님이~ 가 내가 미우나 봐."

정확하지 않은 발음으로 한마디 하고서는 다시 이불 속으로 기어들었다.

"무슨? 아니야. 선생님은 아이들을 다 예뻐해."

나는 별생각 없이 아이를 일으켜 세워 어린이집에 보냈다. 그때까지만 해도 난 그런 쪽에 깜깜했다.

그런데 두어 달 뒤 수료식에 참석했다가 나는 눈이 확 뒤집혔다. 네 살짜리는 우리 아이하고 또 한 명의 여자아이 둘뿐이었다. 그런데 여우같이 생긴 선생님 하나가 그 아이를 유독 장난감 다루듯 예뻐하는 게 아닌가. 그 아이 얼굴은 좀 예쁘장했고 추운 겨울인데도 하얀 인조 밍크코트에 스커트를 입혀 한껏 멋을 낸 차림이었다. 그동안 나는 운동복처럼 편안한 옷으로 한 이틀씩 그냥 입혀 보냈다. 순간 나는 가슴을 쳤다. 그리고 아이가 했던 말을 곱씹으며 어린것이 얼마나 가슴에 멍이 들었을까 생각했다.

해가 바뀌고 다른 어린이집으로 옮기면서 나의 치마에서 바람이 일기 시작했다. 우선 아이 옷차림부터 바꿨다. 수시로 백화점에 드나들며 머리에서 발 끝까지 신경을 썼다. 그리고 때로는 촌지를, 명절 때에는 어김없이 구두 티켓을 건네면서 선생님하고 가까이 지냈다. 아이를 대하는 선생님의 태도가 달라지자 아이도 다시 어린이집에 재미를 붙였다. 어린이 모델을 시켜 보라는 소리까지 들으며 유치원을 마쳤다.

초등학교에 들어가면서는 아예 바람의 권위자에게 수시로 자문을 받았다. 바람은 나날이 불었고 그 효과는 편작의 의술과도 같았다. 선생님이나 친구들에게 어필하려면 먼저 공부를 잘하고, 또 얼굴 예쁘고, 옷차림도 깔끔해야 하는데 다행히 아이는 공부도 상위권 인데다가 자모들 사이에서도 예쁜 멋쟁이로 통했다. 많은 사랑 속에서 아이가 자신감 있게 학교생활을 하다 보니 6년 동안 반장을 다섯 번이나 했다.

지금 생각하면 내가 몰고 다닌 바람은 부모로서의 애정이었는지 일시적인 분노에 대한 보복이었는지는 모르겠다. 어쨌거나 얼굴이 달아오르는 일이다.

요즈음 사회 곳곳에는 크고 작은 비리의 독버섯이 무성하다. 세상은 많이 배운 사람들에 의해 움직이게 돼 있고, 이렇듯 높은 자리에 있는 사람들은 물론, 이권에 도움 될만한 힘 있는 자들 곁에는 늘 부나방이 꼬인다. 돈은 모든 것 위에 군림하는 힘이고 가진 자의 위력은 하늘을 찌른다. 안되는 것도 되게 하는 신비한 돈의 마력, 그 마력은 때로는 멀쩡한 사람의 이성을 마비시켜서 먹어서는 안 될 것을 덥석 베어 물었다가 탈이 나게 하기도 한다.

탈이 난다 해도 역시 돈이다. 무전유죄, 유전무죄란 말이 있듯이 없는 자에게는 엄격한 법 적용을 피할 수 없지만, 가진 자에겐 빠져나갈 구멍이 있다는 것이다. 이처럼 어찌 보면 간사한 인간 같기도 한 돈을 사랑하는 사람은 노(老), 소(小)가 따로 없다.

오래전 고등학생 설문조사에 학생 절반 가까이가 10억이 생긴다면 일 년쯤 감옥에 가도 좋다고 한다는 발표를 들은 적이 있다. 이처럼 누구를 가릴 것 없이 많이 갖고 싶어 하는 돈이기에 돈 앞에서는 모든 걸 다 집어던진다. 양심도, 명예도 돈 앞에서는 가치를 잃고 만다. 이쯤 되면 돈은 자신의 삶을 건강하게 해주는 약이 아니라 사람을 초라하게 하고 나락으로 떨어지게 하는 독임이 분명하다.

그러나 돈이 언제나 어두운 얼굴을 하고 있는 것은 아니다. 밝은 곳에서 착하게 쓰이는 돈도 많다. 자신의 이름도 밝히지 않고 기부한 돈이 겨울마다 추위에 떠는 이웃에게 온기를 전하기도 하고 한 푼, 두 푼, 모은 돈이 끊어져 가는 생명을 잇기도 한다. 전셋집에 살면서도 열심히 일해 번 돈을 해마다 몇천만 원씩 쾌척하는 훌륭한 이도 있다. 그런 소식을 전해 들을 때마다 마음이 훈훈해지면서 나 자신이 부끄러워진다.

한때는 돈으로 아이를 감싸고, 돈으로 사랑을 빌어 아이에게 먹인 적도 있지만 그러면서도 나는 많은 사람이 돈에 목표를 두고 있는 것을 못마땅해한다. 그렇지만 나 또한 돈의 위력에 자유롭지 못하다.

오늘도 나는 주차 관리소의 작은 창문을 통해 오가는 차들을 지켜본다. 주차장에 좋은 차가 들어오면 그 안에 탄 사람도 커 보이고, 작은 차를 타고 들어오면 사람도 작아 보인다. 그런 걸 보면 나는 구제 불능의 속물이다.

미스 월드 스마트폰

스마트폰의 위력은 참 대단했다. 세상에 나오자마자 단박에 많은 사람의 이목을 집중시켰다. 연일 매스컴에서는 아주 특별한 사람을 소개하듯 극찬을 아끼지 않았고, 신문도 대서특필했다. 그에 대한 반응으로 사람들의 수런거림에 귀가 간지러웠지만 나는 요지부동이었다. 한 귀로 듣고 다른 한 귀로 흘려버렸다. 아직 손전화기가 멀쩡할 뿐만 아니라 다시 복잡한 걸 익혀야 한다는 번거로움에 아예 외면한 것이다.

그랬는데, 어느 날인가부터 전화기가 말썽을 부리기 시작했다. 켜 놓았을 때나 통화 중에도 자주 꺼지는 것이었다. 혹, 신제품에 내 마음을 빼앗기기라도 할까 봐서일까. 다른 아이에게 관심 둘까 봐 치마꼬리 붙잡고 칭얼대는 아이처럼 자꾸 심통을 부리는 것이 여간 불편한 게 아니었다.

내 마음 나도 모르겠다. 고장 나면 고쳐서 계속 쓰겠다고 굳게 다짐을 했건만 주변에 스마트폰 사용하는 사람이 많아지면서 그 다짐이 조금씩 허물어지는 소리가 들렸다. 왠지 예전 것을 사용하는 게 시대에 뒤처진 사람으로 보이는 것 같다는 생각도 들었다.

나아가 여러 사람이 모여 있을 때 전화기의 멜로디가 흘러나오면 살짝 돌아앉아 얼굴을 붉히며 전화를 받았다. 그럴 때마다 투정 부리는 아이를 쥐어박듯 전화기를 한 대 쥐어박고 싶었다. 하필 지금 울릴 게 뭐냐고, 흉한 네 모습을 내보여 주인의 스타일을 구기고 싶어서 안달이냐고. 그러고선 화살을 돌려, 그 시간에 전화한 사람에게까지 야속하다는 생각을 했다. 전화기가 인지할 수 있다면 "너 그동안 살이 닳도록 충성한 나를 배신할 수 있느냐?"고 따지며 덤벼들고 싶었을 것이다.

스마트폰 보급률이 전 국민의 절반을 넘어섰다는 뉴스가 연일 흘러나왔다. 뉴스는 이도 저도 아닌 엉거주춤한 내 마음을 빨리 정하라고 자꾸 충동질했다. 어차피 낡아서 바꿀 때가 되었다는 궤변을 나 자신에게 늘어놓았다. 그런 며칠 후, 결국 나는 스마트폰 가게를 찾았다.

새것은 참 좋다. 벌써 두 달이 다 돼 가는데도 눈을 떼지 못하는 게 서로 좋아 죽고 못 사는 연인 같다. 쭉 뻗은 팔등신, 늘씬하고 세련된 모양을 어찌 예전 것에 비할까. 나는 예쁜 애첩을 새로 얻은 사내처럼 그녀의 매력에 푹 빠져들었다.

수려한 외모 때문만은 아니다. 세상에 나오기 전부터 각 매체에서 떠들어대더니 빈말이 아니었다. 얼마나 똑똑한지 모르는 게 없는 만능 박사였다. 그 두꺼운 영한사전도 들어 있고, 모든 궁금한 것들을 미리 알고 있다가 나에게 알려 주었다.

이제야 길에서 스마트폰을 들여다보며 걷던 아이와 부딪힐 뻔했던 일도, 서울 나들이 때 지하철에서 고개를 박고 스마트폰에서 눈을 떼지 못하던 젊은이들도 이해할 수 있었다.

누구든 그렇겠지만 나는 새것에 대한 애착이 참 많다. 사랑땜하는 동안은 마음이 늘 그곳에 머물러 있다. 수시로 만져보고 바라보며 흡족해하는 기분이 꽤 오래 이어진다. 그처럼 전화 걸 일이 없으면서도 스마트폰을 꺼내 만지작거리다 보면 얼굴 가득 미소가 번진다.

그런데 제아무리 똑똑한 사람도 알고 보면 흠이 있게 마련이다. 스마트폰이 예뻐서 자꾸 귀찮게 구는 내 등쌀에 먹통 된 적도 있었다. 응급 처치를 한다며 충전기로 상당한 충격을 가해도 다음 날 오전까지 아무런 기척이 없었다. 그럴 땐 머나먼 무인도로 유배된 것처럼 답답했다.

그런가 하면 또 너무 싹싹한 것도 탈이다. 어쩌다 보면 고자질쟁이처럼 엉뚱한 곳으로 신호를 보내 나를 쩔쩔매게 하기도 했다. 그것도 흉허물 없이 지내는 사이라면 괜찮은데 하필이면 두 번씩이나 교회 부목사님이었다. 죄라면 목사님이 결혼 후 7년 만에 얻은 쌍둥이를 예뻐한 죄 밖에 없다. 카카오톡에 자주 다른 모습으로 오르내리는 귀여운 아기들, 그날도 어김없이 몰래 들어가 예쁜 모습에 취해 실실 웃으며 훔쳐보다가 일을 낸 것이다. 갑자기 화면에 목사님이 나타났다. 나는 도망칠 출구를 찾지 못하고 어찌할 바를 몰라 갈팡질팡. 나도 모르게 영상통화 버튼을 건드린 것이다.

그것도 모자라 얼마 후에 또다시 사고(?)를 냈다. 이번엔 보이스톡을 슬쩍 터치했나 보다. 굵은 바리톤의 목사님 목소리가 들리는데 도대체 어디를 눌러야 꺼지는지 몰라 진땀을 뺐다. 그 일 이후로 지금까지 목사님을 뵐 때마다 그때 일이 떠올라 얼굴이 화끈 달아오른다. 그러고 보면 나를 골탕 먹이려고 작정한 교활한 인간 같기도 하다.

그래도 내가 울적할 땐 음악도 들려주고 야외로 나가 사진도 찍어줄 뿐 아니라, 심심할 땐 게임으로 함께 놀아주기도 하는 팔방

미인이다. 미워하려야 미워할 수가 없다. 사람에게 기대할 수 없는 모든 것을 충족시켜주는, 이제 스마트폰은 이 시대 최고의 '만인의 연인'임에 틀림없다.

외출하려다 습관처럼 가방을 연다. 다소곳이 제자리에 누워있는 폰하고 눈 맞춤하며 씨익 웃는다. 아이들이 어릴 적엔 내가 외출하려면 아이가 먼저 신발 신고 앞장섰는데 이제 스마트폰이 그 몫을 대신하고 있다.

그동안 세상이 참으로 눈부시게 발전했다.

전화가 귀했던 어릴 적, 농촌에는 고작 동네 이장 댁에 놓인 비상전화 한 대뿐이었다. 어느 집에서 큰 소리가 나서 싸우는 소리인가 귀 기울여 보면 장거리 전화하느라 시끄러운 것이었다. 통신시설이 좋지 않아 소리를 내지르다 보면 조용한 시골 동네가 들썩거렸고 노인들은 침이 튀다 못해 틀니가 튕겨 나올 판이었다. 그래도 통화가 끝나고 나면 시외 전화라도 하며 사는 양, 은근히 어깨를 으쓱이며 이장 댁 사립문을 나서던 시절이었다.

그 후로 시골 구석구석까지 유선전화가 설치되어 생활을 보다 편리하게 해주더니, 이어서 삐삐가 나왔을 때만 해도 얼마나 신기해했던가. 연이어 출시된 100미터 무선전화기 역시 그랬다. 자랑이라도 하듯 손에 쥐고 집 주변을 어슬렁거리다가 벨이 울리면 바라보는 이 없나 휘돌아보며 통화하던 시절이었다. 그러다가 오늘날에 이르러 스마트폰이 대박을 터트린 것이다. 최첨단 과학의 힘으로 태어난 절세미인이다.

잠시 전 벨이 울린다. 받고 보니 중국에서 걸려온 딸아이의 전

화다. 언제 보아도 예쁜 우리 딸의 활짝 웃는 모습이 화면 가득하다. 딸은 용건을 이야기한 다음,

"엄마, 신기하지? 곁에서 얘기하는 것 같아."

"응, 그러게 말이야."

우리는 전혀 새로울 것도 없는 이야기를 새삼스럽게 나누고 있었다.

스마트폰이 처음 출시됐을 때 쓴 글입니다.

인륜지대사

연초인 지난주에 딸아이 결혼식이 있었다. 지금은 유럽에서 신혼여행을 즐기고 있는 신혼부부 소식이 궁금해 연신 가족 단톡방에 귀를 모으고 있다.

나는 아직도 그날의 멋진 사위와 예쁜 딸 모습에 취해 있다. 누군가가 찍어서 건네준 사진과 동영상을 아이들이 생각날 때마다 수시로 꺼내 보며 다시금 그날의 기쁨과 행복감에 젖어 들기도 한다.

결혼식은 호텔식으로 1, 2부로 나뉘어 화려하고 성대하게 진행되었다. 사방에 포진한 카메라맨들은 그날의 주인공들에게 오래 기억될 순간순간을 카메라에 담느라 바빴다. 예식 후에 드라마를 찍는 것 같았다는 평을 들을 정도로 멋진 결혼식 본식에서 끝내 나는 눈물을 보이고 말았으니….

아이 아빠의 부재로 그날 혼주석 내 곁에는 남동생이 앉았다. 식이 무르익을 즈음 신랑 신부가 양부모 앞에서 인사하는 순서가 있었다. 내가 사위를 안아주는 동안 곁에 있던 남동생이 딸을 안아준 후 다시 내게 다가온 딸을 안았다. 딸아이를 안자마자 주체할 수 없이 밀려오는 지난날의 슬픔 응어리들….

내 나이 30대 중반에 단란했던 우리 가정이 해체될 수도 있는 중대 위기를 맞았다. 갑작스러운 교통사고로 남편이 크게 다친 것이다. 그야말로 청천벽력이었다. 순식간에 평온했던 온 집안은 벌집 쑤셔놓은 듯 아수라장이 되었다.

병원 생활 1년 만에 퇴원했지만 남편은 내 도움 없인 아무것도 할 수 없는 백치 상태, 절망적이었다. 속에서부터 무너져 내리는 소리가 들렸지만 정신을 가다듬었다. 나만 바라보고, 또 내 보살핌이 필요한 어린 남매를 보니 주저앉아 있을 수만 없었다. 팔을 걷고 환자의 손과 발이 되는 것은 물론, 두 아이가 그늘 없이 정상적으로 자라는 것에 포커스를 맞추고 살았다. 삶이 괴롭고 서러워 눈물을 흘리다가도 아이들 앞에서만큼은 절대 눈물을 보이지 않겠다는 불문율을 지켰다. 나 자신은 포기한 그런 생활은 남편의 투병 생활 만 8년을 넘어 세상을 뜨고 난 후, 아이들이 성장할 때까지 긴 세월 동안 이어졌다.

그날 결혼식장에서 딸을 껴안자마자 눈물을 흘릴 수밖에 없었던 것은, 마음 깊이 내재 돼 있는 지난날의 슬픔과 아픔이 응축되어 한꺼번에 내 의식을 덮친 것이다. 대형 모니터 속의 살짝 일그러진 내 얼굴 모습과는 달리, 내게 안긴 채 찍힌 사진 속 딸아이의 모습은 활짝 웃고 있는 극과 극을 연출하고 있었다.

최악의 상황에서 최선을 택한 나의 선택, 그리고 내 수고와 바람대로 늘 선두에서 밝게 자라준 아이는 시작부터 식이 끝날 때까지 연신 방실거렸다. 꽃보다 더 아름다운 게 웃음꽃이라 했던가. 그처럼 집중 스포트라이트를 받은 신데렐라는 결혼식 내내 음악에 맞춰 덩실덩실 춤추는 한 송이 꽃이었다.

결혼식 이튿날, 친구의 전화를 받았다. 대뜸 하는 말이 "후련하지?" 짧은 그 말에 깜짝 놀랐다. 그리고 살짝 불쾌했다. 자식이 처치 곤란? 무슨 애물단지라도 되느냐 되묻고 싶었다.

사실 난 딸아이가 나이 40이 되도록 결혼하라 소리를 해본 적이 없는, 어찌 보면 나쁜 엄마다. 지방에 고향을 둔 직장 동료들은 명절 때 집에만 가면 남친 있느냐고, 결혼 왜 안 하느냐고 부모님이 다그치는 바람에 내려가기 싫다고 했단다. 그러면서 딸을 부러워했다지만 정작 엄마인 나는 늙어가는 딸에게 결혼 얘기를 꺼내기는커녕, 한술 더 떠 결혼이 예전엔 필수였지만 요즘엔 선택이라며 왜 자유를 잃고 사느냐고 외려 딸에게 은근히 내 비뚤어진 결혼관을 세뇌시켰으니…. 결혼에 대해 무관심한 엄마가 편하다면서도 한편으로는 원망스럽지 않았을까.

일을 치르고 보니 친구의 말마따나 후련한 건 사실이다. 험한 세상에 객지에서 홀로 사는 딸에게 연락이 닿지 않을 때마다 마음 졸였는데 이제 사위에게 바통을 넘겼다는 안도감과 내게 주어진 짐이 가벼워졌다는 느낌을 숨길 수가 없다. 게다가 사위가 자연스럽게 가족의 범주 안으로 들어오면서 아들 하나를 더 얻은 것 같은 든든함도 있다.

예전에 여러 남매를 두신 부모님은 과년한 자식이 적령기를 넘기면 밤잠을 설치셨다. 그러다가 적당한 혼처가 나와서 결혼을 시키고 나면 후유~ 하고 안도의 숨을 내쉬었다. 시대가 변했다고는 하나 요즘도 여전히 자식 머리를 올려준다는 것은 부모로서 마땅히 해야 할 책무이자 인륜지대사다.

결혼식장에서 잠시 바깥사돈을 만나 이야기를 나눴다는 아들은, 사돈이 이제 막 며느리 된 딸을 가리켜 복덩이라고 했다는 말을 전해주었다. 딸이 며느리로 결정되면서 사업이 술술 풀린다며 만족해하시더라는 것이다. 그 말은 딸을 시집보내는 모든 부모가 가장 듣고 싶어 하는 말일 게다.

시아버님뿐만 아니라 결혼 전, 외국에 사는 단 한 분이신 시이모님 부부가 보고 싶다면서 예비부부를 초대했었다. 만나고 나서 딸의 이모저모를 유심히 체크 했을 이모님 부부는 흡족했는지 국제전화로 시어머니 되실 분에게 딸을 칭찬했다는 것이다. 이 또한 엄마로서 마음이 놓인다. 하지만 또 다른 한편으로는 좀 부담도 된다.

연애는 1대 1 당사자들만의 만남이지만, 결혼은 당사자뿐 아니라 양가 가족 간에 인척 관계를 맺는 일종의 의식이다. 일면식도 없던 양쪽 집사람들이 40이 된 두 자식으로 인해 아주 특별한 관계를 맺었다.

옛날 나 결혼할 적, 식 끝나고 여행 다녀와서 첫 친정 나들이를 갔을 때였다. 신혼부부인 우리가 도착하자마자 아버지 어머니와 우리보다 먼저 도착해서 기다리고 있던 위의 두 언니가 버선발로 뛰어나와 맞아주었다. 좋아서 입이 귀에 걸렸던 남편의 표정이 생각난다. 세월이 흘러 어느덧 친정 어머니가 서 있던 그 지점에 내가 서 있다.

처녀 귀신을 면하게 해준 고마운 사위, 11일간의 신혼여행이 끝나고 나면 첫 처가 집 나들이를 다녀갈 것이다. 나도 친정어머니처럼 버선발로 튀어 나가 사위를 맞으려 한다. 벌써부터 나는 백년손님 맞을 준비로 마음이 분주하다.

길

오랜만에 금성산으로 운동을 하러 갔다. 입구에는 흙먼지가 날아다니고 포클레인이 동원되어 막바지 공사가 한창이었다. 어렴풋이 드러난 윤곽으로, 자그마한 공원이 조성 중이라는 것을 알 수 있었다. 사람들의 발길이 끊이지 않는 금성산에 곧 선보일 아름다운 소공원을 떠올리며 걷다가 나는 또 한 번 놀랐다.

언덕을 오르던 옛길은 사라지고 아름다운 새 길이 낯설게 놓여 있었다. 불에 그슬려 자연미가 느껴지는 거칠고 투박한 사각 통나무 계단이었다. 그 계단은 아래에서 양쪽에 1미터 남짓 넓이로 심어진 철쭉을 안고 정자를 향해 지그재그로 자연스럽게 뻗어 있었다.

아름다운 길이었다. 어디선가 많이 본 듯한 걸어보고 싶은 충동을 느끼게 하는 길이었다. 지금 이대로도 예쁜데 내년 봄에 철쭉이 만개하면 얼마나 마음을 흔들어놓을까 하는 생각이 들었다. 어린애처럼 마냥 좋아하면서 폴짝폴짝 뛰어오른다.

길을 오르면서 내가 살아온 길도 이 길처럼 아름다웠던 적이 있었던가 생각해본다. 뒤돌아보니 굽이굽이 참 멀리도 왔구나 싶다. 그러나 정작 아름다운 길을 걸은 기억은 희미하다. 꼬불꼬불 모퉁이를 돌아오면서 황톳길도 걸어보았고, 자갈길을 걷다가 돌부리에 걸려 넘어질 뻔하기도 했다. 다시는 밝은 빛을 볼 수 없을 것 같은 칠흑같이 어두운 터널 속에서 출구를 찾아 헤맨 적도 있다. 그 긴 여정 속에 분명 아름다운 길을 걸은 적도 있었을 텐데 기억은 아리송하다.

생각하면 지나온 날들이 아름답고, 즐겁고 행복했다는 사람이 과연 몇이나 될까. 어느 책에서 '행복은 순간 속에 존재한다'라는 글귀를 본 적이 있다. 만족은 끝이 없다는 이야기일 것이다. 채워도, 채워도, 채워지지 않는 인간의 욕망 때문이리라.

누구나 이야기보따리를 풀어놓으면 자식 때문에, 술만 먹으면 행패를 부리거나 폭행하는 남편 때문에, 또는 지난날의 고된 시집살이 등, 평생 한을 안고 살아온 이야기들이 실타래처럼 풀려 나온다.

특히 예전엔 지금과는 달리 대가족 제도에 생활환경이 열악했다. 게다가 결혼하면 속된 말로 벙어리 3년, 귀머거리 3년을 견뎌내야 했다. 시누이의 고자질은 그러잖아도 매운 시집살이를 더 맵게 했고, 젊은 시어머니와 함께 아이를 낳아 기르고 살았으니 몸이 온전할 리가 없다. 그래서 그런지 우리 어머니 세대에선 유독 가슴앓이로 고생하던 이들이 많았다.

어릴 적 동네 이웃 아주머니는 우리 집에 마실만 오면 고된 시집살이했던 이야기를 노래하듯이 하고, 또 했다. 억울하게 당한 얘기를 끝도 없이 이어가노라면 어머니는 곁에서 맞장구로 사이사이에 추임새를 넣었다. 어머니의 동조에 점점 감정이 격해지면 말미에는 울먹이며 화가 뭉쳐있다고 주먹으로 가슴을 펑, 펑, 쳤다.

내 친구 한 명도 참 기구한 삶을 살았다. 부유한 가정에서 남부럽지 않게 자랐지만 남자 친구를 잘못 만나 아가씨가 아기를 낳아 버렸다. 요즘 세상에선 큰 흉 될 것도 없지만 당시의 미혼모는 시집갈 꿈은커녕 비난의 대상이었다. 집에서는 누가 알세라 쉬쉬하면서 받아만 준다면 아무한테나 보내버릴 요량이었다.

그런 미혼모를 받아준 남자는 총각이었다. 신랑의 이력은 내세울 것 하나 없고, 시댁의 형편은 무엇 하나 부족하지 않은 것이 없었다. 게다가 시부모와 시누이 셋, 시동생 한 명까지 대식구가 함께 살았다. 설상가상, 시누이 한 명은 정신이상자였다. 그런 집에 씨가 다른 아이를 데리고 들어간 새댁은 숨죽인 채 피눈물을 흘리며 살았다. 이제야 아이들이 다 성장해서 객지로 나가 홀가분하다며 자기 이야기는 밤을 새워도 다 못할 장편소설이라고 멋쩍게 웃는다.

그런가 하면 오래전 잘 아는 분의 이야기를 듣고서 깜짝 놀랐다. 남편 되시는 분이 지역 유지인데다 경제적으로도 여유롭고 자식들까지 잘 돼서 어디를 가든 사모님 소리를 들으며 사는 사람이다. 수백만 원짜리 밍크코트를 걸치고 사는 그녀에게도 행복이란 단어가 낯설기만 한 걸까. 자신의 나이가 70살이라는 것에 무척이나 서러워했다. 살아온 날들이 억울하다는 듯 울먹이며 말을 이어갔다.

젊은 시절에 열 명도 넘는 대식구를 수발하고 또 장사하면서 종업원들 밥해 주느라 힘들었던 이야기를 했다. 분명, 요즘에 비할 수 없는 힘든 환경이었겠지만 그분은 주변 사람들이 지금의 자신을 부러워한다는 것을 모르고 있었다. 그렇다. 내가 살아온 날 중에서 아름다운 시절을 잃어버렸듯이 그분 또한 자신이 가장 힘겨운 삶을 살아왔다고 여기고 있었다.

나는 가끔 칠갑산에 간다. 입구에 들어서면 칠갑산의 길은 참 자연스럽고 아름답다. 키 큰 나무들이 길 양옆에 도열 하듯 서서 맞아주는 그 길은 연인들이 걸으면 참 좋을 오솔길이다. 마음이 아플 때 등을 토닥여 주던 고향 집의 어머니 손길처럼 그 길로 들어서면 푸근하고 편안하다.

그러나 아름다운 감상에 젖는 것도 잠시, 그곳을 조금만 벗어나 산에 오르다 보면 울퉁불퉁한 바위너설이 기다리고 있다. 흉기처럼 뾰족한 돌밭은 길목에서부터 발목을 잡는다. 비지땀을 흘리며 가파른 산등성이를 기어오르듯이 힘겹게 한참 오르다 보면 너럭바위를 만난다. 그곳에서 간식을 펼쳐놓고 먹으며 웃다 보면 바람은 땀을 식혀주고 흘린 웃음을 채어 달아난다.

또 얼마 전 갔다 온 백암산은 어떤가. 고운 단풍과 낙엽에 덮인 길은 한마디로 절경이었다. 걷고 또 걸으며 사방을 둘러보아도 아름다운 한 폭의 수채화였다. 손가락으로 문지르면 붉은색이 뽀얗게 묻어날 것만 같았다.

이처럼 세상에는 아름다운 길이 있는가 하면, 한 치 앞도 분간 못 할 안개가 자욱한 길도 있다. 사람들은 이제껏 길을 걸으면서 그랬던 것처럼 걸어갈 길에 희망과 설렘을 갖는다. 그래서 아무리 진흙탕 길을 걸어왔다 하더라도 앞에 놓인 걸어갈 길의 행운을 기대하며 걸어가는 것이다. 이제는 살아갈 날이 살아온 날보다 많지 않다. 앞으로 내 앞에는 어떤 길이 예비 되어 있을까.

저만치 앞서 걷고 있는 노부부를 본다. 긴 세월을 함께했을 아름다운 동행, 곱게 늙은 노부부의 모습은 아름다운 길을 더욱 아름답게 한다. 나도 저렇게 늙어가고 싶다.

아! 어머니

계절이 바뀔 때는 늘 그렇다. 봄비가 내릴 때마다 한 층씩 내려오는 봄빛처럼, 가을로 가는 길 또한 그렇다. 연사흘 쏟아지는 소낙비에 찌는 무더위가 주춤했다. 오늘은 오랜만에 끈적임 없는 하루를 보냈다. 그 상큼함은 밤까지 이어졌다.

어떻게 들어왔을까. 곧 어디로 튈 기세인 녀석이 밝은 전등불 아래 버티고 서 있다. 잡으려고 살금살금 가까이 다가가 보니 귀뚜라미였다. 그러고 보니 저녁 어스름 따라 가느다랗게 울려 퍼지던 구슬픈 풀벌레 소리, 그사이 계절은 가을의 문턱을 넘고 있었다.

나는 서늘한 밤공기가 개운해 연신 팔다리를 쓰다듬다가 문득 달력을 본다. 추석이 얼마 남지 않았음을 알 수 있었다. 추석을 떠올리다 보니 꼬리를 물고 떠오르는 모습이 있다. 어머니…. 허공을 바라보며 되뇌어 본다. 생전의 온화하셨던 모습이 물안개처럼 피어오른다.

해마다 추석이 가까워지면 어머니의 하루는 바빠지기 시작했다. 집안에 병풍처럼 둘러쳐진 문짝을 아버지가 모두 떼어내시면 다시 그 위에 새하얀 창호지를 발라 명절을 준비하는 것은 항상 어머니의 몫이었다. 바르기 전에 먼저 해야 할 일은, 한 해 동안 함께했던 창호지를 벗겨내는 작업이었다. 바가지에 받아온 물을 한

입 가득 머금었다가 토방 위에 비스듬히 걸쳐놓은 문짝들을 향해 뿜으신다. 그 구멍 나고 낡은 창호지는 지난 1년 동안의 우리 집 이야기들을 품고 있었다.

어머니는 창호지를 바를 적마다 나름대로 감각을 살리셨다. 손이 많이 닿는 문고리 쪽을 덧바를 때는 담장 밑 꽃밭에서 자라던 국화잎과 분꽃을 따 넣으셨다. 저녁 무렵, 종일 햇볕에서 탄력을 받은 문에서는 살짝만 건드려도 북소리가 튕겨 나왔다. 창호지만 다시 발랐는데도 풀 먹인 이불처럼 까슬한 느낌은 새집으로 이사 온 듯 밤새 개운했다.

또 문 바를 때는 언제나 다가올 계절도 미리 염두에 두셨다. 눈보라가 휘몰아치는 한겨울, 잠결에서조차 간간이 들려오던 우는 바람 소리에도 어머니의 품처럼 방안은 아늑했다. 문풍지는 당신의 굴곡진 삶처럼 밤새 울며 바람이 잦아들 때까지 우리의 단잠을 지켜주었다. 가족들의 모습을 그윽하게 그림자로 받아내주기도 했던 한지 문은 서툴지만 어머니만의 독창적인 한 점의 한국화였다. 1년 내내 은은하게 흘러나오는 꽃향기를 맡다 보면 그 속에 녹아 있는 어머니의 내음도 느낄 수 있었다.

어머니가 떠나신 지 5개월 남짓, 그럼에도 시간이 꽤 지난 듯 아득하다. 지난주에는 두 분이 20년 가까이 기거하시던 집에 다녀왔다. 대문을 들어서자 발 디딜 틈 없이 무성한 잡초가 주인의 부재를 알려주었다. 불편한 몸을 힘겹게 일으키면서도 반갑게 맞아주시던 어머니 모습은 그 어디에도 없었다. 유난히 애착을 가졌던 항아리들만이 장승처럼 덩그러니 빈집을 지키고 있었다. 살아계실 때 그토록 윤이 나던 항아리들은 부모 잃은 자식처럼 흙먼지를 뒤집어쓰고 있었다.

더는 당신의 힘으로 살아가실 수가 없을 즈음, 자식 네 집으로 거처를 옮길 때 서럽게 울면서, "내 살림 아까워서 어떡하느냐"던 말씀이 떠오른다. 어머니가 쓰시던 세간살이를 요즈음 누가 탐낼까마는 어머니는 평생을 같이했던 그 물건들을 두고 떠나시는 게 못내 아쉬웠던 것이다. 그런데, 그런데 어디 가셨는데 왜 못 오시는 걸까.

어머니는 젊은 날 발병한 류머티즘 관절염으로 평생을 고생하셨다. 잠결에서도 어렴풋이 어머니의 신음 소리를 들을 수 있었다. 다리가 아파 절면서도 홀로 부엌일을 감당하셨던 어머니에게 나는 철딱서니 없는 막내딸이었다. 어머니는 그래야 하는 줄로만 알았다. 또 당신의 바람대로 행복하게 살아주지 못하고 늘 환자와 어린 남매에 시달리는 딸을 걱정 어린 시선으로 바라보셨던 어머니….

나는 그날 영정 속의 어머니 모습을 한 번도 바로 보지 못했다. 그리고 내가 울면 모두들 흉볼까 봐 부끄러워서 소리 내어 울지도 못했다. 때로는 비수가 되어 어머니 가슴을 후볐을 지난날 나의 말과 행동이 하나씩 떠오를 때마다 돌아서서 가슴을 치며 속으로 통곡하였다.

숙연한 마음으로 집에 드나들 때마다 이용하던 쪽문을 나섰다. 가끔 부모님을 뵙고 돌아올 즈음이면 어머니는 쪽문 앞을 지나 낮은 언덕까지 배웅하셨다. 그곳에 서서 차가 산모롱이를 돌아 보이지 않을 때까지 고개를 숙이고 무사 귀환을 기도하시곤 했다.

언제 내려앉았는지 베란다 가득 고인 은은한 달빛이 우울한 내 마음을 훔쳐보고 있었다. 나는 그 빛을 따라 베란다로 나갔다. 깨끗이 닦아놓은 유리처럼 맑고 투명한 하늘에는 둥근달이 나를 내려다보고 있었다.

나는 달을 바라보다가 언뜻 그 위에 겹치는 어머니의 모습을 보았다. 달처럼 둥글고 선한 마음을 지녔던 어머니. 우리들의 불효도 마음에 두지 않을 어머니는 빙긋이 웃고 계셨다. 나는 무수히 떠 있는 별 밭을 헤집다가 스멀스멀 파고드는 아련한 기억 속으로 빠져든다.

그 옛날 가로등이 없던 시골의 여름밤은 까만 밤이었다. 저녁상을 물리고 나면 나는 남동생과 함께 마당의 멍석에 누워 밤하늘의 별을 보며 별자리를 찾곤 하였다. 설거지를 끝낸 어머니는 낮 동안의 이야기들을 아버지 앞에 풀어놓으셨다. 풀 한 줌이 올려진 모닥불에서는 매캐한 연기가 흘러나와 모기를 쫓아 온 집안을 휘돌았다. 밤이 깊어가면서 나는 단잠에 빠져들고 도란도란 들려오던 두 분의 이야기 소리는 잠결에서도 자장가처럼 들려왔다. 밤이 이슥토록 언제까지나 끝도 없이 이어질 것 같던 두 분의 이야기 소리….

그러나 어머니의 종말은 홀연히 찾아왔다. 거스를 수 없는 절대자의 명령이었다. 그날 밤, 하늘 높이 솟아오르던 모닥불의 연기와 내 안으로 쏟아져 내리던 찬란한 별들은 잊지 못할 기억들이다. 어머니는 함께한 시간들을 내 가슴 깊이 각인시키고 끝내 돌아올 수 없는 강을 건너고 말았다.

이제 세상에서 맺어졌던 모녀간의 인연은 끝났다. 함께했던 웃음도, 울음도 이젠 모두 옛이야기가 돼버렸다. 인정이 많던 어머니는 생전에 이웃사랑 하는 법을 몸소 실천으로 가르쳐 주셨다. 명절이 되면 어려운 이웃과 함께 음식을 나누고 언제든 내 집에 찾아온 누구 하나 서운하게 되돌려 보낸 적 없으신 어머니. 그 큰 참사랑은 우리 가족 모두의 가슴속에 오래도록 살아있을 것이다. 그리고 나는 불효한 죄책감으로 오래도록 괴로움에 시달릴 것 같다.

사라진 참나무밭

나이테가 많아질수록 나도 모르게 자주 고향 생각에 잠기곤 한다. 먼 기억 속의 어린 시절로 빠져들다 보면 어느덧 입가엔 잔잔한 미소가 번진다.

오늘 또다시 고향을 찾는다. 버스를 타고 가다가 면 소재지의 작은 정류소에서 내린 다음 뒤편 동네 들어가는 길로 접어든다. 길목 곁에는 널따란 참나무밭이 있다. 3천여 평이나 되는 땅은 밭이라고 부를 정도로 편편한 땅이었다. 크고 작은 참나무들이 빼곡히 들어서 숲을 이룬 그곳을 언제부터인지 동네 사람들은 그냥 '참나무밭'이라고 불렀다. 그 곁으로 우마차가 겨우 다닐 만한 길이 마을로 들어가는 진입로이다.

정겨운 참나무밭을 지나 오십여 미터 들어가면 높은 산이 병풍처럼 둘러쳐진 산자락에 옹기종기 모여 있는 아늑한 촌락이 나온다. 백 오십여 호나 되는, 농촌 마을치고는 꽤 큰 동네이다.

해마다 가을이 되면 참나무에 조자리로 열린 상수리 열매가 풍요로움을 느끼게 하였다. 여름내 살이 오른 열매들은 가을이 되어 단단하게 영글면 제 무게를 이기지 못해 가벼운 미풍에도 지나가는 사람들의 앞뒤로 툭, 툭, 떨어지곤 하였다.

그즈음부터인가 보다. 누가 갖다 놓았는지 크고 작은 무거운 돌덩이 여러 개가 밭 이곳저곳에 나뒹굴었다. 사람들은 오가며 그

돌덩이로 나무 둥치를 '꽝꽝' 내려치곤 하였다. 그럴 적마다 나무는 아프다는 듯이 온몸을 부르르 떨며 소나기처럼 열매를 쏟아내었다.

어느 날인가 나도 참나무밭을 지나다가 자그마한 나무를 골라 고개를 들고 조자리 친 것을 확인한 다음 돌덩이로 나무를 정조준해서 힘껏 내리쳤다. '쿵' 소리와 동시에 나무는 맞은 게 분한 듯 온몸을 떨면서 후두두둑 열매를 쏟아내었다. 그 열매들은 내 어깨와 머리통에 꿀밤까지 먹이며 땅바닥으로 나뒹굴었다. 익살스러운 표정으로 잠시 공격을 피하려는데 "누구여?" 하는 소리가 들렸다. 관리인이었다. 늘 두들겨 맞던 곁의 큰 나무는 어서 숨으라는 듯이 넉넉한 몸피를 내어준다. 잠시 나무 뒤에 숨어있다가 빠져나온 나는 다시 만만한 나무를 골라 한 번 더 힘껏 내려치고선 쏟아진 열매를 호주머니 가득 주워 넣고 휘파람을 불며 발걸음도 가볍게 집으로 향했다.

집집마다 물을 가득 채운 함지박에는 상수리가 수북하게 잠겨 있었고, 가을이 깊어갈 무렵이면 온 동네엔 묵 쑤느라 묵 향기로 진동했다. 동네 사람들은 가을만 되면 참나무밭 덕분에 묵을 실컷 먹을 수 있었다.

그 후 세월이 흘러 오랜만에 고향을 찾은 나는 깜짝 놀랐다. 예전 참나무 숲이 온데간데없이 사라진 것이다. 그 울창하던 나무들이 말끔히 사라진 빈터 한쪽으로 잣나무가 자라고 있었고, 어느 문중에서 이장한 수십 장의 분묘만이 눈에 들어왔다. 그 뒤에도 나는 여러 번 고향을 찾았다. 그때마다 그길로 들어서면 생경스러운 풍경에 옛날의 〈참나무밭〉을 떠올리곤 하였다.

그곳을 지나가는 사람들의 구미를 자극하는 상수리 탓에 가을철만 되면 유독 수난을 겪어야만 했던 참나무들. 사람들의 돌질에 묵연히 비명을 지르던 참나무 둥치의 뭉뚱그려진 흉터를 떠올리니 마음이 아려온다. 이젠 부모님 두 분 모두 돌아가셔서 고향에 갈 일은 거의 없다. 오늘 나는 또다시 기억 속의 참나무 숲을 맘껏 거닐었다.

짝사랑

오래전 내 나이 40대 후반쯤이었던 것 같다. 당시로써는 생소한 실버라는 말이 뉴스에서 자주 흘러나왔다. 앞으로 노인 인구가 폭발적으로 늘어날 거라는 둥, 어느 지역에 대형 실버타운을 세울 예정이라는 둥 떠들어댔지만 나하고는 무관한 얘기라 여기고 한 귀로 흘려버렸다.

그 후 시간이 흐르고, 이번에는 베이비붐이라는 낯선 단어가 뉴스에서 흘러나오기 시작했다. 베이비붐세대는 부모님 세대와는 달리, 산아제한 영향으로 자녀 수도 적을 뿐 아니라 교육수준과 생활수준도 높은 데다가 교육열 또한 높다고 했다. 곧 은퇴 시기가 도래하는 세대인데 자녀들 뒷바라지하느라 노후가 불안하다고도 했다. 그 말을 들으며 나도 그 범주에 속한다는 생각만 얼핏 했던 것 같다.

오늘 친목 모임에서 곁의 친구가 애틋한 눈빛으로 연신 스마트폰을 들여다보고 있었다. 군복을 입은 늦둥이 아들의 사진이었다. 이 작은 읍내에선 보기 드물게 S대에 다니는, 그녀에겐 더없이 자랑스러운 아들이다. 며칠 전 자대 배치받았다며 안쓰러운 표정이다. 아이들 치다꺼리가 거의 끝나가니 이젠 앞으로 다가올 노후가 걱정이라며,

"이다음에 아이가 취업하면 얼마간의 도움을 받을 수 있을까."

하고 불쑥 묻는 것이었다. 그 말에 나는 화들짝 놀랐다. 뒤통수를 한 대 얻어맞은 듯 멍했다는 표현이 옳을 것이다. 요즈음 매스컴에 자주 오르내리는 베이비붐이나 은퇴라는 말조차 남의 이야기로만 치부해왔는데 노후라니. 그 한마디에 가슴이 철렁한 걸 보면 그동안 나는 대단한 착각 속에서 살아왔나 보다.

나 자신을 훑어본다. 비로소 이곳저곳 감지되는 미세한 균열, 오랜 세월 비바람에 조금씩 씻겨 내려 허름해져 가는 집 한 채를 보는 것 같다. 잔주름은 굳이 용서한다 해도 검은 머리 한 모숨만 들추면 숨어서 군락을 이룬 하얀 머리칼, 다소곳이 숨어있다가도 바람만 불면 가관이다.

그러고 보니 옷차림도 달라졌다. 젊은 날 여름 내내 즐기던 민소매도 겨드랑이가 훤히 들여다보여 흉하다며 자취를 감춘 지 오래다. 또 있다. 예전에 나는 검정 옷 마니아였다. 옷장 문을 열면 검은색 일색이었다. 그랬는데, 나이 들면서 고운 옷을 좋아하게 된다는 웃어른들의 말처럼 내 옷차림이 상당히 밝아졌다.

얼마 전 볼일로 대전에 갔다가 그곳에 살고 있는 큰언니 집에 들렀다. 나를 보더니 대뜸, "네가 웬일이야? 붉은 옷을 다 입고." 하며 낯설어했다. 그러고 보니 그간 무심코 했던 행동들이 모두 노화로 나타난 변화였던 것이다.

아마 친정어머니가 지금의 내 나이 무렵이었던 것 같다. 어머니는 가끔 "한세상 잠깐이다."라며 허무하다는 듯 혼잣말을 되뇌곤 하셨다. 고개가 끄덕여진다. 뒤돌아보면 굽이굽이 멀고 먼 길을 돌아온 것 같은데 모든 게 한순간 스쳐 지나간 것 같다.

생각하면 자식을 낳아 세상에 다녀간 흔적을 남긴다는 것은 참 의미 있는 일이다. 내 피로 만들어진 데다 나를 닮은 존재라는 그런 아주 특별한 인연으로 처음 품에 안았을 때의 설렘과 기쁨. 그러나 내 자식임에도 내 마음대로 되지 않는 게 또한 자식 농사다.

내 어릴 적 명절 때였다. 이웃에 사는 순애 아버지는 객지에서 명절을 쇠러 고향을 찾은 동네 젊은 사람과 사립문 밖에서 들녘을 바라보며 이야기를 나누고 있었다. 그러다가 뜬금없이 "자넨 아들을 몇 형제나 뒀나?" 하고 당당하게 물었다. 그 젊은이는 면목 없다는 듯이 머리를 긁적이며 딸만 둘이라고 했다. 장승같이 키가 큰 순애 아버지의 앞뒤로 폴짝거리며 뛰어놀다 주워들은 그 얘기가 수십 년이 흐르도록 잊히지 않고 지금까지도 왜 내 가슴에 박혀있는지 모르겠다.

그 시절엔 아들은 노후 보험이나 다름없었다. 지금과는 달리 가진 자 앞에서도 큰소리칠 수 있는 건 아들을 많이 둔 사람이었다. 그런 집에서 부모님을 모시는 건 당연히 아들, 그중에서도 장자의 몫이었고 집안의 대소사를 챙겨야 하는 버거운 책무까지 기꺼이 짊어졌던 시절이었다. 그런 시대에 딸만 가진 사람은 힘이 없는 사람이었다.

그런데 세상은 하늘에 떠 있는 흰 구름과 같다. 흘러가면서 수시로 다른 그림을 그려내는 구름처럼 사람들의 가치관도 세월 따라 변할 수밖에 없는 모양이다. 울타리라 칭하던 아들에 대한 굳은 믿음이 요즘 완전무장해제되었다.

아들이 5형제나 된다고 의기양양하던 순애 아버지도, 기운이 달려 비쩍 거리면서도 입만 열면 아들 자랑, 손주 자랑까지 끝나야 비로소 자리를 뜨던 동네 자랑쟁이 할머니도 요양원에 자리를 보전한 지 오래다.

얼마 전 가까운 쇼핑몰에 갔다가 유모차 부대를 보았다. 그 아기들은 하나같이 동화 속에 나오는 예쁜 공주와 왕자였다. 보채며 울면 꼬옥 끌어안고 달래느라 진땀 빼는 요즘 젊은 엄마들의 아기 위주인 삶. 아이는 부모의 사랑을 받으며 자라는 게 당연하다. 그럼에도 지천에 널려있는 요양원에서 죽음을 기다리는 천덕꾸러기 노인들이 겹쳐 보이는 것은 왜일까.

그런 걸 보면 내리사랑은 있어도 치사랑은 없다는 말에 공감이 간다. 온 정성을 다해 길렀건만 돌아오는 건 배신뿐이니 남이라면 배은망덕한 놈이라고 아마 멱살이라도 잡아 흔들 일이다. 그런 줄 알면서도 자식에 대한 짝사랑을 버릴 수 없는 것은 질기디질긴 천륜이라는 끄나풀 때문일까. 그리도 중히 여겼던 효도, 그 표징으로 한때는 가문의 영광이라 추앙받았던 동네 어귀의 효자문은 시대가 바뀌어 단청이 퇴색되고 벗겨진 구시대의 낡은 유물이 된 지 오래다.

참, 살다 보면 세상이 바뀌어 닭이 꿩이 되기도 한다. 요즈음 딸이 그렇다. 출가외인이라고 남의 집 식구로만 여겼던 그 쓸모없는 구박 덩이가 복덩이가 되었다. 딸이 부모를 살뜰히 챙기기 시작하면서 이제 아들만 둔 집에서는 부러움의 대상이 된 것이다.

요즘 출가한 딸을 시쳇말로 '아직도 그대는 내 사랑'이라 한단다. 가까이 다가갈수록 더 멀리 달아난다는 며느리는 '가까이하기엔 너무 먼 당신'이라나. 딸도 되고 며느리도 될 수 있는 여인의 지위는 막강하다. 잘 키워놓은 아들은 사돈네 자식, 병들고 못

난 아들은 내 자식이라는 말이 있다. 어쨌거나 아들은 결혼을 시켜 놓으면 그저 소리 없이 잘 살아만 주면 그게 바로 요즘의 효도인 것이다.

그런데도 아들의 사진에서 눈을 떼지 못하는 친구는 아들만 둘이니 어쩐단 말인가.

"너무 가까이 다가가지 마, 다쳐!"

나는 입안에서 맴돌던 말을 불쑥 뱉고 말았다.

부소산성에서 백제 정신을 찾다

부소산의 가을은 아름다웠다.

입구에 들어서자 맞은편 나지막한 돌담 틈 사이로 고개를 내민 고운 단풍이 반긴다. 떠나는 게 아쉬워서일까. 눈물을 머금은 듯 아침이슬에 젖은 모습이 왠지 애처롭다.

지난밤이 추웠나 보다. 하늘을 향해 허허로이 서 있는 키 큰 은행나무가 옷을 벗기 시작한다. 마치 노랑나비가 춤을 추듯 내려오는 모습이 환상적이다. 떨어져 잔디 위에 내려앉은 그 위로 쌓이고, 또 쌓이는 은행잎들이 찬 서리에 젖어 처연하다. 납작 엎드린 채 지난여름 내내 바람결에 재잘거리던 시절을 그리워하고 있는 걸까. 입구에 서서 부소산의 가을 이야기를 전해주는 은행나무가 그림 같다.

어느 쪽으로 갈까 하다가 삼충사 쪽으로 발길을 옮겼다. 작년에 그곳을 지나면서 보았던 아름다운 단풍터널이 궁금했기 때문이다. 그곳은 오래전 군에서 실시한 〈아름다운 거리〉로 선정된 곳이었기에 더더욱 궁금했다.

삼충사 조금 못미처 삼거리에 다다랐을 때 내 눈을 의심했다. 전혀 기대도 안 했던 곳인데 곱디고운 단풍이 사방에서 나를 에워쌌다. 이내 황홀경에 빠져버렸다. 눈 앞에 펼쳐진 풍경에 흠뻑 취해 감탄사가 연신 터져 나왔다. 가을의 정취가 물씬 풍기는 한 폭의 수채화라 할까. 손가락으로 문지르면 붉디 붉은색이 마디마디 묻어날 것만 같다.

감전된 듯 눈을 떼지 못하던 나는 발길을 다시 삼충사 쪽으로 향했다. 낮은 언덕을 올라 삼충사 앞에서 발길을 멈췄다. 무심코 고개를 돌려 사당 내부를 바라보다가 열린 방문을 통해 벽에 걸려있는 영정이 시선을 잡은 것이다. 영정을 보니 그곳에 혼백으로 모셔진 백제의 계백, 성충, 흥수, 3충신이 떠오른다. 그런 충신이 곁에 있었음에도 한 나라를 다스리는 왕의 방탕한 생활을 막을 순 없었나 보다. 그러고 보니 충신이 있으면 간신도 있게 마련. 그런 간신과 부패는 한통속이다. 그 거스를 수 없는 자연의 법칙은 예나 지금이나 다름없다.

생각에 잠긴 채 조금 걷다 보니 궁금했던 단풍터널을 만난다. 아! 나도 모르게 탄성을 내지르고 말았다. 단풍이라기보다는 꽃이었다. 자연이 만들어 낸 아름다운 꽃 터널이 이 가을의 피날레를 장식하고 있었다. 하늘이 보이지 않을 정도로 어우러진 꽃 터널은 11월의 햇빛을 받아 거대한 조명등이 돼버렸다. 붉은빛에 휘감기는 순간, 나는 넋을 잃었다. 자연의 이 오묘한 아름다움을 즐길 수 있다는 것은 올가을의 좋은 날씨 덕일까. 고운 단풍 옷을 입은 휘늘어진 가지를 살며시 안아본다. 한해를 건너오면서 비바람에 할퀸 흔적들이 우리네 인생사 같다. 사력을 다해 마지막 삶을 부여잡으려는 듯 싱그러움의 극치가 서글프게 묻어난다.

나는 터널을 빠져나와 낙엽이 쌓인 길을 걸었다. 언덕 아래 길가에 평화롭게 모이를 줍던 한 쌍의 산 까치가 인기척에 푸드득 날아오른다. 군데군데 고운 단풍과 잘 어울리는 키 큰 아름드리

굴참나무의 반쯤 벗은 모습이 왠지 외로워 보인다. 곧 겨울 나목이 되어 의연하게 서서 추위를 견디어낼 나무 아래에는 아무렇게나 흩뿌린 듯 쌓인 낙엽으로 길과 산의 경계조차 모호하다. 그래서 더더욱 멋있고 운치 있는 길을 따라 걷는다. 걸으면서 사방 어디를 클로즈업해도 아름다운 부소산이란 생각이 들었다.

나는 운동하기 위해 오르던 부소산 맞은편에 있는 금성산을 떠올려 보았다. 침엽수와 작은 나무들이 대부분인 그곳은 사철 별다른 변화가 없는, 굳이 성별로 표현하자면 남성 쪽에 가깝다고나 할까. 반면에 부소산은 예쁘고 섬세한 여인을 닮았다. 봄이 되면 생동감 넘치는 여린 연둣빛 세상, 여름에는 유서 깊은 옛 도읍이라는 걸 말해주는 듯 키 큰 아름드리나무들이 길가에 도열 하듯 서서 시원한 그늘 집을 만들어 준다. 또 가을은 어떤가. 변신의 여왕처럼 원색의 옷으로 갈아입고 반겨주니 아름다움에 취해 또 찾게 되는 곳이 부소산이란 생각이다.

걷다 보니 길 아래 햇볕이 닿지 않는 계곡에 아침 안개가 자욱하다. 아득한 1400여 년의 역사가 말해주듯 설화처럼 전해 내려오는 백제의 신비로움이 묻혀 있는 듯하다.

두 갈래의 길목에 섰다. 나는 태자 골을 택했다. 부소산에서 유일하게 포장이 안 된 흙길이다. 그러잖아도 4각의 콘크리트 안에서 생활하다가 밖에 나오면 종일 흙 밟을 일이 거의 없는 세상인데 흙길이 걷고 싶어 이 길로 들어선 것이다. 응달이라 허연 서리 옷을 벗지 못한 채 납작 엎드려 있는 낙엽은 밟아도 신음소리 조차 없다. 꼬불꼬불 차가운 길을 콧노래를 흥얼거리며 한참을 걷다 보니 태자 골 끝부분이다.

오른쪽으로 궁녀사가 보인다. 외진 곳이라서일까. 왠지 외롭고 쓸쓸해 보인다. 사당이라기보다는 아직도 궁녀들이 세상과 단절한 채 한 많은 여생을 보내고 있는 것 같다는 생각이 들었다.

궁녀사 들어가는 길목에서 앞을 향해 몇 걸음 내딛다가 멈칫! 나는 발길을 멈춘다. 저만치 산자락 아래 자리한 새하얀 구절초 꽃무더기를 본 것이다. 내 사춘기적 어슬녘 산모롱이에서 서늘 바람에 외롭게 한들거리던, 잠자리에서조차 그 모습을 떠올리다 보면 뒤척이다 못해 뜬잠을 자곤 했다. 아직 이 가을을 떠나지 않고 청초한 향기를 날리는 걸 보니 소녀 시절의 그 느낌이 되살아나 내 발목을 잡은 것이다.

또다시 언덕길을 오른다. 사거리에 다다랐다. 오른쪽 사자루 쪽으로 향했다. 역시 부소산의 가을은 고아하다. 온갖 잡새들의 지저귐, 힘차게 날아오르며 내지르는 꿩의 우렁찬 외마디소리가 산중의 왕임을 자인하는 듯하다. 좌, 우 빼어난 경관을 눈으로 훑으며 걷다 보니 사자루가 눈앞이다. 부소산성에서 제일 높은 고지이다. 옛 성터임을 자랑하듯이 위풍당당하게 서 있는 누각 너머로 쓸쓸함이 서려 있다. 나는 잠시 벤치에 앉아 숨 고르기를 한 다음 다시 그곳에 눈길을 둔다.

한때는 융성했을 백제의 찬란한 문화, 우리가 공부해서 알고 있는 그 이상의 전설 같은 사연을 품고 있을 역사의 현장에 앉아 고대를 살다 간 그들이 패망할 수밖에 없는 문제가 무엇이었는지 나름 짚어 보았다. 어디 그 시대만의 문제일까.

지금도 각 나라 간에는 힘겨루기하며 우위를 점하기 위해 서로 으르렁거린다. 힘이 달리면 강자에게 먹힐 수밖에 없다. 이처럼 세상의 생물은 약육강식(弱肉強食)에 의해 먹고 먹히는 구조이다. 부디 대한민국호의 방향키를 잡은 위정자들은 패망한 우리의 아픈 역사를 곱씹으며 반면교사(反面教師)로 삼을 일이다.

나는 다시 일어서서 강이 내려다보이는 난간으로 다가갔다. 난간대를 잡고 아래를 내려다보니 푸른 강물이 넘실거리며 흐르고 있다.

부소산은 산을 벗어나 밖에서 보아도 비경이었다. 몇 년 전 늦가을에 유람선을 타고 백마강을 한 바퀴 돈 적이 있다. 단풍으로 곱게 물든 부소산이 출렁이는 물 위에 동동 떠 있는 아담한 섬 같다는 생각을 했다. 그러다가 중턱에 박혀있는 낙화암의 백화정에 시선이 멎자 내 마음이 가시에 찔린 듯 아려왔다.

생각은 꼬리에 꼬리를 물고 고대와 현대의 시공간을 넘나든다. 그러는 중에 문득, '산천은 의구한데 인걸은 간데없네.'라는 시 한 토막이 머리를 스친다.

나는 내친김에 곁의 산 중턱에 있는 낙화암까지 가보기로 했다. 돌계단을 내려가면서 앞으로는 운동 장소를 이곳으로 바꿔야겠다는 생각을 했다. 금성산도 이곳처럼 야트막하지만 경사가 완만한 이곳과는 달리, 그곳은 골이 깊어 운동량이 많아서 좋았다. 그래서 오매불망 그 산만 부둥켜안았는데 앞으로는 아름다운 이 산에서 사철 변화를 느끼며 운동하고 싶다.

방금 누가 청소해 놓았나 보다. 낙화암 앞 자그마한 마당이 깨끗하다. 울퉁불퉁한 암석을 밟고 백화정 정자를 돌아 가장자리로 내려갔다. 당시 낙하한 궁녀들의 다급했던 순간을 헤아려보기 위함이었다. 난간을 잡고 서서 고개만 앞으로 쭉 뺀 채 아래를 내려다보았다. 발아래는 절벽이어서 뛰어내리면 바위너설에 부딪히며 굴러 물 위로 떨어지게 돼 있다. 아찔하다. 갑자기 나당 연합군의 말발굽 소리가 들리는 착각에 빠진다. 백제의 마지막 날, 말발굽 아래 아비규환의 현장을 피해 혼비백산하여 도망치다가 절벽 아래로 몸을 던졌다는 전설 같은 이야기를 품은 낙화암. 아직도 옛 여인들의 넋이 떠도는 내가 서 있는 곳 바로 아래에는 고란사가 자리하고 있다. 존재감을 알리려는 듯 불경 소리와 풍경 소리가 들려온다. 그 소리는 여지없이 산사의 정적을 깬다. 어느덧 내 입에서는 나지막하게 구슬픈 노랫가락이 흘러나오고 있었다.

백~마~강~~의~~ 고요한 달~밤~~아~~
고란사~의~ 종소리~~가~ 들~리어~ 오면~~
구곡간장 찢어~지는~ 백제 꿈이 그~립~구나~~

수많은 꽃잎이 떨어지던 그날, 아마 땅도 울고 하늘도 울었을 게다. 푸른 강물은 붉디붉은 꽃물을 하염없이 토해냈을 터. 그 참상을 목도 했을 백마강은 알고도 모르는 척, 오늘도 산기슭을 핥으며 유장하게 흐르고 있다.

회상

참으로 오랜만이었다. 그러니까 20여 년 전, 모든 게 어저께의 이야기로 다가오는데 세월은 참 많이도 흘렀다. 율암골 앞 큰길에서 바라보이는 동네 모습은 교회 모습만 어렴풋이 생각날 뿐 집의 위치, 길까지도 지난 세월은 참 많이도 변화시켰다. 군데군데 엿가락처럼 일그러진 비닐하우스의 앙상한 철 골조가 흉물스럽게 눈에 들어온다. 며칠 전 휩쓸고 간 태풍 '매미'의 위력을 말해주려는 듯이.

그 옛날 철부지 적 단발머리 나풀대며 그리 뻔질나게 드나들었던 이 길. 그때의 비포장도로가 더 정감 어린 시골길이었는데 이젠 시멘트로 잘 포장된 여러 갈래의 길이 어쩐지 낯설어 보였다. 예전처럼 교회 앞 다리를 건너면 바로 찾아갈 수 있을 줄 알았는데 오랜 세월은 몇 채 안 되는 시골집을 영 헷갈리게 했다.

물어물어 찾아가니 옛날 그 오두막집은 온데간데없고, 잘 지어진 현대식 집이 오랜만에 찾는 옛 손님을 맞는다. 현관 앞에 쪼그려 앉아 집을 지키고 있던 강아지는 꼬리를 살래살래 흔들며 처음 보는 사람에게 이웃이 온 듯 반가워한다. 개는 주인의 심성을 닮는다는데 정말 주인을 닮아서일까. 살아 계신다면 문 열고 나오면서 "너 왔니? 어서 들어와." 하며 친정아버지처럼 무척 반가워하실 그분, 이젠 세상에 안 계신다.

조○○, 참으로 오랜만에 기억해내 불러보는 이름이다. 정겨운 모습과 함께 그분과의 옛일들이 빛바랜 스냅사진처럼 머리를 스친다. 잊고 살았던 그분을 다시 기억하게 된 것은 오래전에 아는 분을 통해서 지역 문학 동인지를 얻어보게 되고서였다. 회원 주소록에서 그분의 연락처를 확인했지만 그때는 내 삶이 버거워 무심히 지나쳤는데 최근 지역문학회에 가입하면서 그분과 다시 예전처럼 지낼 수 있겠구나 하고 생각하면서부터였다.

그런데 유심히 본 책자에서 그분의 연락처가 빠진 걸 확인했다. 왜일까? 하면서 궁금한 나머지 전화번호를 찾아 그의 집으로 전화를 했다. 항상 술을 즐기며 늦게 귀가하시던 분이라 실례인 줄 알면서도 밤 11시가 다 되어서 전화를 했더니 한참 만에야 아주머니께서 전화를 받으셨다. 엉겁결에 난 수화기를 놓았다.

며칠 뒤 다시 밤에 전화를 하니 또 아주머니가 받으셨다. 옛날 김(金)양이라고 말했더니 반가워하셨다. 그러면서 3년 전에 돌아가셨다는 얘기를 하신다. 아쉬운 듯이 집 짓고 겨우 10개월 살다 돌아가셨노라고 다시 말씀을 덧붙이셨다.

이럴 수가! 삶이 고달파 잠시 잊고 사는 사이 그는 다시 오지 못할 먼 길로 떠난 것이다. 가슴이 답답해 옴을 느꼈다. 그리고 뭔가 갚지 못할 빚 진자 같은 느낌이 들었다. 하고 싶은 이야기가 참 많았는데…. 어젯밤에 내일 찾아뵙고 싶은데 시간 되느냐고 전화를 드렸다. 시내로 공공 근로를 다니느라 오후 여섯 시 이후에나 집에 도착한다고 말씀하셨다.

여섯 시 경인데 아직 안 오신 모양이다. 옛날을 회상하며 잠시 집을 한 바퀴 둘러본다. 아무리 찾아봐도 집 밖에서는 이젠 그분

의 흔적은 찾을 길이 없었다. '그분한테는 그냥 옛집 그대로 어울렸는데….'

집 앞 텃밭에 주렁주렁 매달린 붉은 고추, 깨, 김장 갈이가 바깥주인의 손길이 없어도 잘도 자라고 있었다. 마당 한쪽 멍석에는 붉은 고추가 늦여름 뜨거운 태양 볕에 고운 빛을 더해가고 있었고.

잠시 기다리니 등에 배낭을 메고 들어오는 아주머니의 모습이 왠지 지쳐 보인다. 시내에서 일 끝나고 오는 길이라며 무척 반가워하시는 아주머니의 손을 나는 반가움에 덥석 잡는다. 얼굴엔 여전히 환한 미소와 때 묻지 않은 고향 집의 맏언니 같은 푸근함이 날 편안하게 한다. 단지 변한 게 있다면 연세에 비해 깊게 팬 주름과 등이 새우처럼 굽어 있는 모습이 왠지 안쓰럽게 다가오며 초로의 길을 걷고 있음을 확인한다. 어쩌면 내외간이 그리도 닮았을까. 나는 취재 나온 기자처럼 궁금한 여러 가지를 웃으며 여쭤본다. 그 옛날 연애 결혼했다는 아주머니는 친정이 바로 담 너머라며 웃으신다. 몇 살 차이냐는 물음에 "내가 몇 살 더 먹었지유."

아! 연상의 여인, 그러고 보니 희미해져 가는 옛날에 들었던 이야기들. 물레방아 옆이 고정 데이트 장소 아니었느냐고 놀리듯이 웃으며 얘기했던 기억이 떠오른다. 생전에 "나는 우리 집에 곰 한 마리를 키운다."며 웃으시던 그분. 허나 어려운 살림을 그렇게 한 얼굴만 보이며 묵묵히 내조해 왔기 때문에 지금의 생활이 영위될 수 있지 않았을까.

그분하고의 작은 인연은 참으로 오랜 옛날로 거슬러 올라간다.

내가 결혼 전 잠시 직장생활을 할 때 알게 되었는데 그는 당시 시를 써서 신문 잡지에 자주 실리곤 했던, 외모는 비록 왜소해 보여도 꽤 속 멋이 있는 낙천적인 사람이었다. 게다가 그는 세상 사람들이 욕심내는 부와 명예나 권력 같은 것에 연연하지 않고 자연을 벗 삼아 초연한 삶을 살아가는 가슴 따뜻하고 마음이 부자인 시인이셨다. 항상 넉넉한 마음씨로 모든 사람을 대하며 사는 그분이 참 여유로워 보였다. 누가 찾아가도 자신의 누추함을 감추려 하거나 결코 부끄러워하지 않고 있는 그대로 후덕하게 대해 주셨다. 내 집인 양 장난치며 놀다가 때가 되어 밥을 먹으려면 시골 인심은 밥그릇에 담겨 있다며 큰 그릇에 가득 담긴 밥을 다 먹으라고 편하게 대해 주셨던 두 분. 양봉을 하시던 그분은 집에 올 땐 꿀 한 병을 마루 끝에 챙겨 놓으셨다가 넉넉한 마음까지 건네주셨다. 말없이 세상 사는 법을 가르쳐주신 그분이 세월이 흐른 지금에서야 마음에 와닿는 이유는 왜일까.

유고 시가 실린 책을 한 권 주고 싶다며 책장에서 책 한 권을 찾아 건넨다. 그분의 손때 묻은 책들이 책장에 즐비하다. 책을 받아 현관문을 열고 나오다 보니 별로 모양은 없지만 여러 개의 화분과 생전에 냇가에서 주어 날랐다는 예쁜 조약돌들이 보기 좋게 놓여 있다. 살아 계신다면 예쁜 것으로 골라놓고 달라 하면 그냥 건네줄 그분의 욕심 없는 성격, 그런 성격 탓에 생전에 그분의 외적인 모습이 더욱 남루했는지 모르겠다.

이젠 그 옛날 언 손을 호호 불며 들어가면 오두막 사람들의 온기로 몸과 마음을 녹여 주었던 옛 추억의 집은 사라졌다. 그리고 그 오두막에서 만났던 그분과의 해후는 다시는 이루어질 수 없는,

아무리 그리워 해봐도 소급되지 않는 옛일로 남아 버렸다. 나에게 그 부엌 장작불 위 가마솥에서 끓던 더운물 한 바가지의 의미와 언 손을 녹였던 아랫목 구들장의 따스한 의미를 일깨워준 님. 님의 마음과 오두막집은 이젠 내 마음속에 골격만 갖춘 추억의 고향이 되어 오래도록 가시지 않는 향기로 남을 것 같다.

(2005. 8)

3장

행복지수

내 사랑 스마트폰

단짝이자 내 동반자인 스마트폰이 한 3일 병원에 입원(?)해 있다가 오늘 퇴원했다. 퇴원 수속을 하기 위해 보호자인 내가 서비스 센터를 찾았다가 깜짝 놀랐다. 입원 시 만신창이었던 모습은 온데간데없고 예전의 쭉쭉 빵빵 여인(?)이 기다리고 있는 게 아닌가. 직원에게 건네받으면서 너무나 기분이 좋아 연신 고맙다며 인사를 하고 나왔다.

지난 18일이었다. 그러니까 추석 연휴의 첫날이기도 한 토요일, 코로나 감염병에도 어수선한 명절 분위기는 어쩔 수 없나 보다. 그 분위기에 덩달아 내 기분도 달뜬 오후 4시경이었다. 시장에 가서 장보기를 끝낸 후, 집 계단을 밟고 오르던 중에 전화벨이 울렸다. 급히 가방에서 폰을 찾아 꺼내 들었지만 이내 미끄러져 날아가듯이 손아귀를 빠져나가 계단 층층에 부딪히면서 충격을 먹은 것이다. 몇 바퀴 뒹군 후에야 멈춘 곳에는 차마 눈 뜨고 볼 수 없을 정도로 중상을 입은 폰이 처참한 꼴로 널브러져 있었다. 마치 티브이에서 봤던 교통사고의 참혹한 현장, 바로 그 자체였다. 깜짝 놀란 나는 사고현장에서 119를 불러 다친 사람을 병원으로 이송하듯이, 폰을 집어 들고 황급히 시내 대리점을 향해 내달렸다.

단말기를 팔고 싶어서였을까. 돌팔이 의사에 불과한 가게 주인은 켜지지도 않는다며 사형선고를 내렸다. 자기가 볼 땐 이 정도면 서비스 센터에 가도 회생 불가능하다는 것이다. 안타까운 마음에 다른 한곳을 더 찾았지만 역시 같은 진단을 내렸다. 난 황당한 상황에 어찌해야 할지 판단이 서질 않았다.

수개월 전부터 폰 대리점을 기웃거려 보기도 했지만, 하루 이틀 같이 산 것도 아니고 만 4년여 동거했기에 전혀 이질감이 없어 망설이던 참이었다. 처음 만났을 때처럼 설렌다거나 죽고 못 살 사이는 아닐지라도 오래 같이 산 부부처럼 손발이 척척 맞아 스트레스받을 일이 없다 보니 그럴 일 아닌가? 한데 내밀한 내 모든 것을 품고 있는 폰이 이렇듯 하루아침에 유언 한마디 없이 즉사했다고 생각하니 잃은 게 너무 많아 속상하고 절망스러웠다. 잠시 생각 끝에, 불편하더라도 며칠 기다렸다가 연휴가 끝나면 큰 병원에 가서 정밀검사를 받는 쪽으로 결론을 내렸다.

집으로 돌아와 식탁 한쪽에 폰을 놓아두었다. 사람으로 치면 얼굴이나 다름없는 액정이 한 군데도 성한 곳이 없었다. 사람이 저 지경이라면 온 집안이 발칵 뒤집혀서 응급실로 내달렸을 거라는 생각을 하며 짠한 마음으로 작살난 폰을 바라보았다. 그런데 잘 보이는 곳에 놓아두었더니 오가며 눈에 띌 때마다 마음이 아프고 미안한 생각도 들어서 다시 잘 보이지 않는 곳으로 옮겼다.

아마도 인지능력이 있다면, 처음엔 애지중지 예뻐 죽더니만 눈에 씌운 콩깍지가 벗겨지니 홀대하다가 이 사달이 났다고 날 얼마나 원망할까. 나는 남편이 젊은 나이에 일찍 사고로 세상을 등진 까닭에 잘 모르지만 이렇듯 부부지간에도 연을 맺어 살다 보면 나중에는 혈육과 같은 사이가 되어 정으로 살아간다는 것이다.

예전 친정아버지를 봐도 그렇다. 어머니가 병원에 입원하셨을 적에 내가 찾아가서 식사를 차려드린 적이 있는데 식사를 마친 후 밥상을 물린 아버지는 마당 가의 텃밭에서 자라고 있는 푸른 아욱을 바라보시며, “네 엄마가 아욱을 무척 좋아했느니라” 하셨다. 연세 드신 데다가 평소 두 분 사이가 무덤덤했기에 속으로는 의외라며 살짝 놀랐다. 동시에 나는 그 말 한마디에서 어머니에 대한 안타까운 아버지의 마음을 읽을 수 있었다. 당시 아욱을 애틋한 눈빛으로 바라보시던 아버지의 머릿속에는 온통 병원에 누워계신 어머니 생각뿐이었던 것이다. 그 마음이 바로 지금의 내 마음이었다.

폰을 만난 지는 만 4년여, 나 또한 이젠 설렘보다는 정이 담뿍 들었다. 내 모든 정보를 관리해주던 고마운 여인이 아니던가. 혼수상태인 그녀는 예전의 폰이 없던 시절을 떠올리게 했다.

그때는 모두 비슷한 환경이었으니 그 생활에 불편한 줄을 몰랐다. 디지털 시대를 살아가고 있는 지금, 첨단 기계에 길들어지다 보니 아날로그 시절로 다시 돌아가 산다는 건 마치 무인도에 홀로 남겨진 것 같이 답답하고 고립된 느낌이었다.

또 다른 한편으로는 망망대해에 떠 있는 일엽편주(一葉片舟) 같은 느낌이라고나 할까. 그러나 구조상 인간은 환경에 적응하며 살게 되어 있는 모양이다. 모든 소식을 TV에만 의존하며 여러 날 지내다 보니 그런대로 견딜만했다.

연휴가 끝나자마자 나는 폰을 들고 부리나케 센터로 달려갔다. 진단 결과 액정이 살아있다는 것이다. 실낱같은 희망이 보였다. 그러나 내부를 열어 봐야 정확한 진단이 나온다고 했다. 열어보고 난 뒤 다시 연락 주기로 하고 집으로 돌아왔다.

다음날 연락이 왔다. 모든 게 살아있다는 것이다. 그 말에 나는 뛸 듯이 기뻤다. 고칠 수 있다는 말과 일맥상통하는 그 말은 인공호흡기에 의지해 생명을 유지하시던 어머니 병세가 호전되어 일반 병실로 옮길 때 느꼈던 기쁨, 바로 그것이었다.

폰이 퇴원하던 날 다시 센터를 찾았을 때 직원이 건네는 내 폰은 그동안 내가 보아온 모습이 아니었다. 처음에 내게 왔을 때의 미끈한 팔등신이었다. 동상이몽이라더니, 이런 여인을 두고 나는 왜 또 다른 생각을 품고 함부로 대했을까.

전에도 내 부주의로 작은 사고가 있었다. 그때 그 충격으로 모서리가 일그러져 흉터가 남았지만 그런 모습으로도 내 곁에서 충실히 의무를 감당하던 어여쁜 나의 여인이었다. 그런 착한 여인을 두고 남들 있는 데에서 전화기를 꺼낼 때마다 구형이라 쪽팔린다며 몹시 타박했는데 기존에 있던 상처까지도 말끔해지니 예전의 예쁜 모습으로 다시 살아난 것이다. 나는 기분이 좋아서 직원이 묻지 않는데도 "바꾸려 했는데 더 써야겠네요. 감사합니다."라며 인사를 하고 돌아섰다. 집으로 오는 차 안에서 살아 있어 준 것이 너무너무 고마워서 세정제로 소독한 폰에 뽀뽀를 했다.

뭐든 남의 떡이 커 보인다. 하지만 아무리 새로운 예쁜 여인에게 눈길이 간다 해도 서로에게 길들이려면 한동안 불협화음과 불편이 따른다. 구형이지만 구관이 명관이다. 볼수록 사랑스럽다.

지구별이 보내는 SOS

몇 년 전 뉴욕 여행을 마치고 귀국할 때의 일이다.

비행기가 일정한 고도에 이르자 사람들은 잠들기 시작하였다. 기내에서 쉬 잠을 이루지 못하는 나는 앞의 모니터와 잠든 사람들 모습을 번갈아 바라보고 있었다. 그러던 중 다시 모니터에 눈길이 멎자 이상한 것이 눈에 들어왔다. 화면 가득 푸른 바다인데 허연 얼음조각 같은 것이 군데군데 몇 개 떠 있는 게 보이는 것이었다. 분명 올 때도 태평양 상공을 통과하는 것으로 알고 있었던 나는 고개를 갸웃하며 자세히 들여다보았다.

잠시 뒤 곁에서 잠자던 딸이 부스스 눈을 떴다. 얼음조각이란다. 갈 때와는 달리, 올 땐 북극해 하늘길을 지나는데 지금 그 구간을 통과하는 중이라고 했다. 그러면서 하는 말이, 미 동부에서 돌아오는 귀국편 비행기 대부분은 연료 절감 차원에서 가까운 그 항로를 이용한다고 귀띔했다. 다시 모니터를 보니 포물선을 그리며 북반구 맨 위쪽을 날고 있었다.

이야기를 듣던 나는 기분이 묘했다. 초등학교 때 배운 얼음집에서 사는 에스키모와 펭귄, 북극곰 등을 떠올렸다. 그리고 그것들이 발밑 저 아래에서 꼬물대며 살고 있다는 생각을 하니 뭔가 형언할 수 없는 기분이었다. 이대로 수직 낙하한다면? 상상만으로도 즐겁고 짜릿했다. '한데, 푸른 바다에 얼음조각이 달랑 몇 개뿐이라니?' 생각이 거기에 미치자 지구의 온난화로 옛날의 극지방이 아니라는 생각에 이르렀다.

내가 어릴 적엔 공산품이 귀했다. 가을이면 문간채 지붕 위에 뒹굴던 둥근 박을 타서 만든 크고 작은 바가지가 주 생활용품이었다. 작은 것은 물바가지로, 큰 바가지는 함지박 또는 구멍을 내어 다용도로 쓰임이 많았던 뒤웅박이 안 살림의 선도적 역할을 했다.

그 시절 내가 친구들과 즐겨 하던 소꿉놀이도 깨진 사기그릇 조각이 주를 이뤘다. 또 솜씨 좋은 언니가 광목천과 쌀겨를 이용해서 만든 인형에 옷을 만들어 입히고 펜으로 이목구비를 그려주면 더 바랄 것 없는 최고의 인형 놀이가 시작되었다. 그때엔 모든 게 천연 일색인 시절이었다.

언제부터인지 우리 집 부엌에서는 낯선 주홍색 물바가지가 쓰이고 있었다. 우리 집뿐 아니라 그 무렵, 어느 집이든 주홍색 플라스틱 바가지 없는 집이 없었다. 그것을 기점으로 가벼운 데다 쉬이 깨지지 않는 플라스틱 제품들이 시나브로 친환경을 밀어내고 생활 깊숙이 파고들었다. 점점 다양한 플라스틱 제품들이 쏟아져 나오면서 일상생활용품으로 자리매김하였다.

천편일률적으로 찍어내는 공산품뿐 아니라 편리한 가전제품들도 가세해 생활은 점점 더 편리해졌다. 냉장고, 에어컨 등이 발전에 발전을 거듭하면서 온갖 재주를 다 부렸다. 바야흐로 우리는 이제 원터치 방식을 넘어 AI 즉, 인공지능의 지배를 받는 시대로 진입한 것이다. 그러나 우리를 한없이 편리하게 해주는 문명의 이기들이 야누스의 두 얼굴이란 사실을 그땐 아무도 몰랐다.

그렇게 문명의 최대 수혜자로 살아오는 동안 지구는 우리가 버린 산업 쓰레기에 서서히 몸살을 앓기 시작한 것이다. 가장 먼저 피부로 느낄 수 있었던 것은 옛날 우리나라 겨울 날씨는 삼한사온의 패턴이었는데 그 룰이 깨지기 시작했다. 한겨울에 동장군이 찾아오면 물러설 기세를 보이지 않다가, 어느 날 봄 날씨처럼 포근한 날이 이어지기도 한다. 또 이듬해 봄에 피어야 할 꽃이 가을에, 가을꽃이 봄에 피어 우리를 헷갈리게 해 지구의 질서가 헝클어져 있음을 알 수 있었다.

또한 에어컨 없으면 여름을 날 수 없는 지경이 되었다. 온난화를 일으키는 것들은 온실가스 때문이라 한다. 내 짧은 식견으로 온실가스를 생성하는 것들을 생활 주변에서 찾아보았다. 공장의 굴뚝에서 내 뿜는 연기, 자동차의 배기가스, 적게는 우리가 매일 사용하는 전기제품도 한몫한다고 들었다. 비닐하우스의 열기 또한 빠질 수 없는 주범이었다.

기후 변화는 시간이 흐를수록 점점 무서운 발톱을 드러내기 시작하였다. 세계 기후의 총사령탑이라는 빙하가 오래전부터 녹아내린다는 보도가 잇따르더니 그 여파로 요즘 세계 곳곳에서는 대형 산불이 잦다. 또 해수면과 수온이 높아지면서 물고기의 어종이 열대어로 바뀌는가 하면, 생물의 생태계 파괴로 이어지고 있다는 것이다. 우리의 생활을 보다 편리하게 해주던 것들이 이젠 부메랑이 되어 전 방위적으로 인간을 위협하며 공격하고 있다.

더욱 충격적인 것은, 얼마 전 지인 한 분이 캐나다 북반구 여행 중에 찍어 보낸 사진을 보고 아연실색하였다. 그 사진은 옛날이 무색하였다. 만년설이라며 두툼한 흰 눈옷을 입고 아주 가끔 신비스러운 모습을 드러냈던 옛날과는 달리, 눈이 녹아 울퉁불퉁한 속살을 훤히 드러낸 민둥산이었기 때문이다.

사태의 심각성을 인지한 걸까? 뒷북만 치던 각국의 대표들이 머리를 맞대고 기후위기 해결 방안을 모색해보지만 일어설 땐 번번이 빈 가방이었다.

그동안 방관자였던 나는, 나부터 내가 할 수 있는 작은 일이라도 실천하자고 마음먹었다. 우선 대강 해왔던 분리수거를 철저히, 그리고 생각 없이 써왔던 비닐부터 줄이자고 마음먹었다. 해서 요즈음 더러워진 비닐봉지는 씻어 말려 재활용하고 있다.

설상가상, 요즘엔 코로나 팬데믹으로 배달 음식문화가 자리 잡으면서 플라스틱 용기까지 쓰레기로 가세했다. 지구의 열기를 식히는데 일조하겠다는 생각으로 용기들을 세척 하는 수고까지 마다하지 않고 있지만, 정작 가을 추수 후 들판에 뒹구는 볏짚을 싼 비닐 덩이(일명 공룡알)를 보면 허탈했다. 내가 실천하는 일은 조족지혈(鳥足之血)에 불과했기 때문이다. 범국민 〈지구 살리기〉라는 캐치프레이즈는 허울뿐, 귓전을 스치다가 산산이 부서져 허공에 흩어질 뿐이었다. 모두가 문제의식에 둔감할 뿐 아니라 주인의식이 없기 때문이다.

지구별의 앞날은 어둡다. 얼마 전에는 집채만 한 빙하가 잇따라 바닷물로 무너져 내리는 영상이 소개되었다. 녹는 속도가 더욱 빨라져 이젠 얼마 남지 않았다는 말도 전했다. 빙하가 완전히 녹으면 사람이 살아갈 수 없는 지경에 이른다고 한다.

우주에서 유일무이하게 다양한 생명을 낳아 품고 있는 우리의 터전인 지구별, 그 별이 요즘 인간에게 SOS를 보낸다. 전문가들 말에 의하면 살리기에는 너무 나갔다고 한다. 그냥 진행 속도가 완만하기만 하면 성공한 거란다. 그러나 아이러니하게도 나는 예전의 건강한 지구를 기대한다.

전 세계와 범국가 차원에서의 노력과 또 생활 속에서 작은 실천을 하고 있는 우리 소시민들의 노력이 시너지 효과를 발휘해 기사회생 되기를 바랄 뿐이다. 해서 또다시 그곳 하늘길을 지나게 될 때, 동물 친구들이 예전처럼 눈밭을 뒹굴며 좋아하는 모습을 상상하고 싶다. 이런 예전의 청정한 지구를 바라는 내 바람이 지나친 비약일까.

미운 정

내가 어렸을 적에 아주 이상한 사진을 보았다. 외국인 가족 중에 한 사람은 큰 개를 데리고, 다른 한 사람은 작은 강아지를 안고 공원에서 산책하는 사진이었다. 처음 보는 그런 모습은 사진이라기보다는 낯선 그림으로 보였다. 그때까지 나는 삼복더위에 보신탕감으로 개를 키우는 것만을 보아왔기에 사람과 함께 산책을 한다거나 개를 아기처럼 안고 다니는 것은 이해할 수 없는 풍경이었다.

보릿고개에서 벗어나 점점 국민소득과 생활 수준이 높아지면서 작은 강아지를 안고 다니는 사람이 눈에 띄었다. 그러던 것이 언제인가부터는 비싼 값이 매겨진 온갖 품종의 강아지들이 대거 쏟아져 들어와 애완견이라는 명목하에 많은 사람의 사랑을 받는 시대가 되었다. 심지어 애견용품에 들르면 강아지 옷이며 치장해주는 온갖 것이 다 있다고 한다. 또 동물병원까지 생겨 주로 찾는 단골손님도 강아지라니 세상 참 많이 변했다.

그러나 이제 나는 그 모습이 귀해 보인다거나 더는 관심의 대상이 아니다. 내가 개한테 혼쭐나고서 그 환상이 깨진 것이다.

초등학교 저학년 때 일이다. 언덕 위에 있는 내가 다니던 교회에 친구랑 놀러 갔다. 그런데 그곳에 내 동창 남자아이와 그의 형이 개를 데리고 왔다. 마당에서 서로 마주 보고 이야기를 주고받던 중 갑자기 그의 형이 "물어라, 쉿" 하는 것이었다. 그 말이 끝나자마자 동시에 개의 눈과 내 눈이 마주쳤다. 나는 두말할 것도 없이 겁에 질려 "엄마~" 하고 울음 섞인 목소리로 소리치면서 있는 힘을 다해 내달렸다. 오직 뒤에서 쫓아오는 개만 생각하며 죽을힘을 다해 언덕을 내리 달리다가 한 바퀴 뒹굴면서 끝이 났다.

유리 조각에 찢겼는지 손바닥에는 피가 낭자했다. 바로 곁의 밭에서 고추를 따던 아주머니 한 분이 흰 앞치마를 찢어서 묶어주며 목 안 부러지기 천만다행이라고 걱정을 했다. 가까운 진료소에 가서 피로 붉게 물든 손바닥에 감긴 천을 벗겨내고 세 바늘을 꿰매는 경상이었지만 얼마나 놀랐는지 내 마음은 중상이었다. 그런데 개한테 혼난 것이 한 번이 아니다.

고학년 때로 기억되는 어느 해 가을이었다. 콩이 누렇게 익은 콩밭 옆을 지나가는데 난데없이 콩밭에서 누렁이 한 마리가 튀어나오더니 왕!왕! 짖으며 종아리와 내 치마를 사정없이 물어뜯고 난동을 부리는 게 아닌가. 누런 콩밭에 누런색 옷을 입은 엉큼한 개가 숨어있으려니 누가 상상이나 했을까. 사람 만나기 힘든 시골길에서 누구한테 도움을 청할 수도 없고 그냥 속수무책으로 당할 수밖에 없었다.

난 몸과 마음이 찢기고 할퀸 채 엉엉 울며 집으로 돌아왔다. 아버지는 속상해하시며 개를 때려주려고 몽둥이를 들고 찾아 나섰으나 결국 허탈한 모습으로 돌아오셨다. 그사이 내뺀 것이다. 상처에 약을 바르고 치료를 했지만 나는 그 충격에서 쉬 벗어나지 못했다.

시간이 흐르고 다리의 상처와 마음의 충격이 어느 정도 가셔가던 어느 날, 어머니는 친척 집에서 강아지 한 마리를 얻어오셨다.

그러고는 나를 부르더니 작심한 듯 강아지를 곁에 앉혀놓은 채 제안을 하셨다. 전에는 네 반대에 돌려보냈지만 이번만큼은 양보하라는 것이다. 내가 받은 상처 따위는 아랑곳하지 않았다.

내 평생 지워지지 않는 트라우마, 두 번씩이나 놈들한테 당한 후 수십 년을 살아오는 지금껏 외나무다리에서 놈하고 맞닥뜨리면 불량배라도 만난 듯 벌벌 떨다가 가슴 쓸어내리기 일쑤인데. 행여 먼발치에서라도 어슬렁거리는 것이 눈에 띄면 궁여지책으로 지름길을 놔두고 살금살금 게걸음 치며 먼 길로 돌아가는 내가 아닌가. 그놈들 생각만 해도 솜털이 다 서는데 당시 어머니는 내 마음에 새겨진 흉터는 보지 못한 것이다. 이참에 담판을 지어야겠다는 듯 조곤조곤 설득하시던 어머니를 이해하기까지는 긴 세월이 필요했다.

우리 빌라 바로 옆 동에는 나랑 오랜 기간 좋은 관계를 유지해 온 이웃이 살고 있었다. 그녀 역시 어머니만큼이나 강아지를 좋아했다. 얼마나 예뻐하는지 머리부터 발끝까지 멋을 내주어 아기를 품듯이 품에 안고 다녔다. 게다가 잘 때도 부부 사이에 끼어 잔다니 개털만 살에 닿아도 소름이 돋는 나와는 극과 극이다.

시내에 나갔다가 돌아오는 길에 그녀를 만났다. 여전히 품에는 강아지가 안겨 있었다. 이야기를 나누며 걷다 보니 어느새 우리 집 앞에 다다랐다. 한데, 그녀 집에 가려면 직진해야 하는데 가던 길을 꺾어 나와 같이 우리 집 계단을 밟는 게 아닌가. 우리 집에서 놀다 갈 요량이었다. 순간 난감했다. 함께 집 안으로 들어가느냐 마느냐의 기로, 계단을 오르는 잠깐 동안 내 머릿속이 복잡해졌다.

평소 남 면전에서 듣기 싫은 소리를 못하는 나는 현관 앞에서 큰 용기를 내었다.

"나 강아지 싫어하는데…."

하며 말끝을 흐렸다. 그러자 내 말이 끝나기가 무섭게 내려가는 게 아닌가. 한마디 말도 없이 뒤도 돌아보지 않고 내려갈 줄은 몰랐다. "강아지 싫어해? 다음에 나 혼자 올게."하고 웃으며 말해주었더라면…. 그러나 그건 내 희망 사항일 뿐이었다. 그 후로 그녀는 길에서 나랑 마주치면 냉기가 느껴질 정도로 싸늘한 표정에 고개를 외로 꼬았다. 그렇게 불편한 관계가 한동안 지속되었다.

그러던 어느 날 그녀가 보이지 않는다는 걸 알았다. 얼마 후 이웃을 통해 그녀가 이사 갔다는 말을 들었다. 나한테 전하라는 듯이, "우리 쭈니(강아지 이름) 싫어하는 사람은 나도 그 사람 싫다"고 하더라는 말까지 전해주었다. 심사가 꼬일 대로 꼬인 그녀는 감정의 밑바닥까지 드러내 보이며 내 마음을 세차게 후려치고 떠난 것이다. 그녀의 거침없는 감정표현에 씁쓸함을 감출 수 없었다. 하지만 그녀를 통해 나와 다름, 즉 동물을 무척 좋아했던 어머니를 다소나마 이해하게 되었다.

강아지를 사이에 놓고 모녀지간에 설전을 벌였던 아슴프레한 기억 속의 그날, 나는 결국 목줄을 매달아 놓는다는 전제하에 어머니와 합의했다. 아니, 어쩌면 내가 응할 수밖에 없었던 것은 강아지를 바라보는 어머니의 애틋한 눈빛을 외면할 수 없었기 때문인지도 모르겠다.

마침내 강아지와 한집살이가 시작되었다. 미워하는 대상과 한집에서 함께 살아간다는 것이 얼마나 불편한 일인지 그때 알았다. 게다가 어머니는 나하고의 약속을 빈번히 어겼다. 동물에게도 자유를 줘야 한다는 평소의 지론을 내세우며 아예 방목했다. 케리라는 멋진 이름까지 얻은 강아지는 눈치도 없었다. 주인이랍시고 나를 보면 꼬리를 살랑살랑 흔들며 따랐지만 내겐 그저 눈엣가시일 뿐이었다. 그러던 어느 날 훌쩍 커버린 케리를 곁눈질로 훔쳐보았다.

출신은 보잘것없지만 까만 옷을 입은 그녀(?)는 외모가 빼어났다. 그뿐 아니라 다산(多産)의 여왕이었고, 똑똑하고 사나워 집을 잘 지켰다. 그러다 보니 온 가족들의 사랑을 독차지했다.

그러면 그럴수록 난 케리를 더 심하게 괴롭혔다. 외출했다가 돌아오면 반갑다고 꼬리를 흔들다 못해 뛰어올랐지만 난 눈살을 찌푸리며 "저리 가!"라고 힘주어 소리쳤다. 어떤 땐 막대기로 쫓아다니며 때려줬다. 그럴 때마다 어머니 품이 피난처였다. 깨갱거리며 달려가 안기는 케리를 끌어안고 어머니는 얼굴을 붉히며 나를 나무라셨다. 그렇게 우리 집에서 한 10여 년 살았나 보다.

그러던 어느 저녁나절, 어머니는 종일 케리가 보이지 않는다고 걱정을 하며 밖으로 나가셨다. 그제야 아버지도 뒤따라 찾아 나섰다. 한참 만에야 어머니는 울며 돌아오셨다. 이웃집 밭 주인이 놓은 쥐약을 먹고 죽어 있더라며 소리 내어 울었다. 아버지도 심기가 불편한지 표정이 일그러졌다. 무겁게 가라앉은 집안 분위기는 여러 날 동안 이어졌다. 미운 정도 정일까. 온 가족이 슬퍼하니 내 마음도 우울했다. 뒤늦게 케리를 구박한 게 마음에 걸렸다.

케리와 함께했던 지난 시간을 잠시 떠올려보았다. 케리는 내 괴롭힘에 단 한 번도 반항한 적이 없었다. 당시 내가 어머니의 의견을 받아들였기 망정이지 그렇지 않았다면 전혀 몰랐을 사실은, 개는 인간 하고는 달리 한번 마음을 주면 거의 절대적으로 주인을 배신하지 않는다는 것을 알았다. 주인한테만큼은 맹종하는 동물이기에 사랑받을 수밖에 없는 동물이라는 것도 알았다.

행복지수

며칠 전 송구영신 예배를 드리고 난 날이었다. 그러니까 1월 1일 오전 10시경, 객지에서 오랜만에 온 두 아이와 아침 식사 후에 후식을 먹으며 즐거운 시간을 보내던 중이었다. 그런데 이상한 일이었다.

갑자기 시야가 흐린 것이다. 눈곱 땜에 그런가 싶어 별생각 없이 눈을 비벼보았다. 개운하지는 않았지만 곧 괜찮아질 거라 생각하고 관심을 두지 않았다. 하지만 이후에도 답답하니까 나도 모르게 수시로 손이 올라갔다. 그럴 적마다 곧 좋아질 거라 마음을 달래 보았지만 시간이 흘러도 전혀 나아지지 않자 걱정이 되었다.

아이들한테는 내색을 못했다. 오랜만에 모인 그 화기애애한 분위기를 깨고 싶지 않아서였다. 언니한테만 전화로 얼핏 내비쳤을 뿐 혼자 냉가슴을 앓았다. 이런 내 마음을 알 까닭이 없는 딸아이는 답답하다며 오후엔 공원으로 바람 쐬러 나가자고 주문했다. 별로 내키진 않았지만 그 말을 들으니 밖에 나가 바람이라도 쐬면 나아지지 않을까 하는 생각이 들었다.

오후에 딸아이랑 공원을 한 바퀴 돈 후, 찻집에서 시간을 보냈다. 즐거운 듯 포장한 내 모습과는 달리, 탁한 시야는 마음을 영 불안케 했다.

밤이 되니 증세가 더 심해졌다. 내가 앉아있는 소파 맞은편 벽에 걸려있는 시계를 보니 둥근 형체만 겨우 보일 뿐 그 큰 숫자와 바늘은 다 어디로 간 것일까. 액자의 큰 글씨도, 2미터 앞 벽에 걸려있는 달력의 그 큰 글씨조차 뿌연 안개 속에 묻혀 있었다. 이쯤 되니 더럭 겁이 나다 못해 무서운 생각마저 들었다.

좌불안석, 밖으로 나갔다. 외려 어두운 곳이 잘 보였다. 그러다 보니 밖에 있는 게 마음이 편안해서 여러 번 들랑거렸다. 혼자 감당키 버거워 밖에서 언니한테만 전화로 현재 상태를 상세히 다 말해 버렸다. 언니는 잔뜩 겁에 질린 나에게 백내장은 어두운 곳이 더 잘 보인다는데 급성 백내장인가 보라며 안심시켰다. '백내장? 게다가 두 눈이 모두?' 나이든 노인만 백내장에 걸리는 줄 알고 있었던 나는 고개를 갸웃했다. 멀리 보이는 가로등 불빛이 하늘로 쏘아 올린 불꽃처럼 사방으로 퍼져 보였다.

시간이 지날수록 증세가 추가되었다. 이젠 눈물까지 줄줄 흐르는 것이었다. 그런데 콧물은 왜 흐르는 걸까. 분명 감기도 아니었다. 게다가 깜박일 수 없을 정도로 오른쪽 눈마저 아파 왔다. 이쯤 되니 최악을 떠올리며 방정맞은 생각까지 하기에 이르렀다.

수건 하나를 손에 쥐고 일찍 잠자리에 들었지만 눈이 아픈 데다가 불안한 마음으로 잠을 이룰 수 없었다. 주체할 수 없이 흐르는 눈물 콧물도 한몫했다. 수건으로 연신 훔쳐대며 내일 아침 눈 떴을 땐 꼭 잘 볼 수 있기를 간절히 기도했다. 그러나 온갖 증상들이 숙면을 방해해 뜬눈으로 밤을 지새웠다.

아침에 자리에서 눈을 뜨려니 시고 아파서 도저히 뜰 수가 없었다. 증상이 조금 덜한 왼쪽 눈꺼풀을 힘겹게 살짝 들어보았다. 실눈을 통해 들어온 세상은 선명했다. 순간 무어라 표현할 수 없을 정도로 뛸 듯이 기뻤다.

아침을 뜨는 둥, 마는 둥 하고 나는 서둘러 큰 도시에 있는 안과를 찾았다. 오른쪽 각막에 상처 났다며 비볐느냐고 물었다. 특별한 이상은 없다는데 왜 그런 증상이 나타난 것일까. 치료가 끝난 후에 치료용 렌즈를 끼고 밖으로 나오니 그나마 견딜만했다.

이튿날 아침에 폰 메시지 벨이 울린다. 언니가 보낸 헬렌 켈러의 영상이었다. 대부분의 사람이 알고 있는 것처럼 볼 수도, 말할 수도, 들을 수도 없는 3중고를 안고 살아온 그녀가 쓴 『내가 만약 사흘 동안 볼 수 있다면』이라는 책의 핵심인 간절한 소망은 이러했다.

첫날에는 나를 가르쳐준 선생님을 찾아가 그분의 얼굴을 보겠습니다. 그리고 산으로 가서 아름다운 꽃과 풀과 빛나는 노을을 보고 싶습니다. 둘째 날엔 새벽에 일찍 일어나 먼동이 터오는 모습을 보고 싶습니다. 저녁에는 영롱하게 빛나는 하늘의 별을 보겠습니다. 셋째 날엔 아침 일찍 큰길로 나가 부지런히 출근하는 사람들의 활기찬 모습을 보고 싶습니다. 점심때는 아름다운 영화를 보고, 저녁엔 화려한 네온사인과 쇼윈도의 상품을 구경하고 집에 돌아와 3일 동안 눈을 뜨게 해주신 하나님께 감사의 기도를 드리고 싶습니다.

음악과 함께 연신 떴다 사라지는 자막이 내 자아를 뒤흔들었다. 끝나 멈춘 후에도 초점 잃은 시선을 화면에서 떼지 못하고 잠시 생각에 잠겼다. '이제껏 당연시 여기며 살아온 지극히 평범한 내 일상이 누군가에겐 소망이었다니…. 게다가 그 간절한 소망이 고

작 3일? 그러고 보니 난 누리고 산 게 참 많구나.'

다시 주위를 둘러보며 시선을 아래에 두니 기억조차 가물가물한 아주 오래전 티브이에 출연했던 젊은이가 생각났다. 그는 사고로 두 눈을 잃었다고 했다. 악기 이름은 모르겠다. 커다란 실로폰 같은 모양으로 기억되는데 다루는 솜씨가 수준급이었다. 두 눈으로 보고 두드리는 듯 능수능란했다. 시각장애를 딛고 그 정도의 경지에 이르기까지 얼마나 많은 피눈물 나는 노력을 했을까.

신체의 어느 부위를 막론하고 장애가 있으면 많은 불편을 겪는다. 그뿐 아니라 주위로부터 편견과 따가운 시선이 따른다. 그러나 이번 일을 겪으면서 시각장애야말로 장애 중에 최악의 장애라는 생각을 갖게 되었다. 몸이 천 냥이면 눈은 구백 냥이란 말처럼 앞을 볼 수 없다는 것은 모든 걸 다 잃은 거나 다름없다. 이동조차 자유롭지 못하다 보니 활동 범위 또한 좁다. 겨우 한정된 공간에서 최소한의 일을 하며 살아갈 수밖에 없는 것이다.

어느 노래 가사가 생각난다. 숨 쉴 수 있고, 바라볼 수 있고, 만질 수 있어서. 또 말할 수 있고, 들을 수도 있고, 사랑할 수도 있어서 행복하다는. 이 모두가 인간이 누릴 수 있는 가장 원초적인 것들이다. 행복엔 기준이 없다. 지극히 주관적이고 추상적이어서 아주 적은 것에도 만족하면 행복지수가 높아지고 입에서는 감사가 흘러나온다. 이번 일은 아래를 보며 감사를 배우라는 신의 경종으로 여겨진다.

적은 것에도 감사할 수 있는 헬렌 켈러, 그녀는 영혼이 맑은 여인이었다. 그녀의 작은 소망을 통해 새해 벽두에 나는 감사를 배웠다.

어느 오후

사람은 평생 배우며 살아간다는 말이 맞는가 보다. 벽에 못하나 박을 줄 모르다가 어느 날인가부터 혼자 할 수 있게 되고, 또'전기'라는 소리만 들어도 무시무시한 공포를 느끼던 내가 전구를 갈아 끼운다거나 간단한 것은 혼자 해결할 수 있으니 말이다. 갑자기 어떤 일에 부딪히면 작은 일에도 나는 몹시 힘들어한다. 그때의 난감함이란.

어저께의 일도 그렇다. 샤워 도중 갑자기 물줄기가 욕조로 쏟아졌다. 이리저리 만져보아도 말을 듣지 않는 수도꼭지를 원망하다가, 결국 대야에 물을 받아 바가지로 끼얹고 겨우 샤워를 끝냈다.

곰곰이 생각해봐도 짜증만 나고 해결책이 떠오르지 않았다. 잠깐이면 할 수 있는 일인데 출장 수리를 부탁하자니 왠지 출장비가 아깝고….

생각 끝에, 불편하지만 내가 한번 해보고 안 되면 그다음 날 사람을 부르기로 결정했다. 타일가게에 들러 수도꼭지를 고르면서도 나 자신이 우스웠다. 정말 나 혼자 할 수 있을까? 하는 의문이 들었기 때문이다. 비싸고 예쁜 수도꼭지도 많았지만 그쪽은 무시해버렸다. 우선은 벽에 고정되어있는 부속품이랑 간격이 비슷하다고 생각되는 것으로 골랐다. 게다가 혼자 할 자신도 없으면서 한 덩어리로 붙어 있는 샤워기는 빼고 달라고 했다. 작년에 교체해서 아직 멀쩡한데 다시 새것으로 갈아 끼우고 기존의 것을 버린다는 게 아까운 생각이 들었기 때문이다. 가격이 5,000원이나 감해져서 조금은 기분 좋게 집으로 돌아왔다.

멍키스패너로 너트를 돌려 빼니 수돗물이 쏟아졌다. 급히 계량기를 찾아 뚜껑을 열고 보니 잠그는 손잡이가 보이지 않았다. 갑자기 나의 무관심이 부끄러웠다. 분양받아 이사 온 지 벌써 20년이 다 되어가는데 그동안 살아오면서 한 번도 눈여겨본 기억이 없으니 이런 무심함이 어디 있을까? 다행히 수압이 약한 관계로 물이 흐르는 대로 놔두고 작업을 계속했다.

풀고 조이기를 반복하던 얼마 후, 사이즈가 서로 잘 맞기를 바라는 마음으로 벽에 부착되어있는 부속품 위에 새것을 대어보았다. 간격이 약간 달랐다. 잠시 절망, 순간 들고 있던 스패너로 기존의 부속을 안쪽으로 조금만 치면 될 것 같은 생각이 들었다. 몇 번 두들기니 간격이 좁아지면서 서로 기가 막히게 잘 맞았다. 다시 스패너로 너트를 고정시켰다.

내가 하지 못해 결국엔 사람을 불러야 될 거라는 생각으로 시작했는데 난 순간 희열을 느끼며 작은 탄성을 질렀다. 그리고 너무 좋아 감격한 나머지 방에 있는 아들을 불렀다. 다가오는 아이에게 빙긋이 웃으면서 "엄마가 해낼 줄 몰랐어." 하며 나는 의기양양하게 아이를 쳐다보았다.

물 한 방울도 새지 않는 수도꼭지를 바라보고 만져보면서 나는 어린아이처럼 좋아했다. 게다가 얼마 전에 새로 갈아 끼운 세면대의 수도꼭지와 한 형제같이 어울렸다. 생각 없이 샀는데 무늬랑 색깔 하나 안 틀리는 같은 회사 제품이란 게 여간 신기하고 기쁜 것이 아니었다.

나는 기분이 업 되어 수세미에 비누를 듬뿍 묻힌 다음, 그동안 닦은 기억이 없는 벽에 부착된 스테인리스 부속품을 정성스레 닦았다. 오랜 물때로 윤기가 없었는데 반짝반짝 윤이 나며 새 수도꼭지와 하나가 되어 바라보는 나를 즐겁게 했다. 작은 일 하나가 이렇게도 나를 즐겁게 하다니. 하루가 지나도록 욕실에 드나들며 신기한 듯 바라보고 만져도 보면서 물기 하나 서리지 않게 맞춘 내 기술에 감탄하였다.

새 옷 입은 둥지

오늘도 나는 눈을 뜨자마자 콧노래를 부르며 집안을 한 바퀴 둘러본다. 이른 아침뿐만이 아니다. 외출할 일이 없으면 어김없이 종일 집안 구석구석을 돌아보며 더 손댈 곳은 없나 살펴보는 게 요즘 일상이 돼버렸다. 그러다가 좋은 배경을 담으려고 카메라 렌즈를 바삐 움직이는 카메라맨처럼 위치를 바꿔가며 시선 고정, 그리고 흡족해하는 요즘의 내 모습이다.

여자와 집은 가꿀 탓이라고 했다. 아름답게 꾸민 멋쟁이가 거리를 활보하면 남자뿐 아니라 여자들의 시선까지 한 몸에 받는다. 같은 여자지만 나도 마찬가지이다. 아름다운 여인을 보면 습관적으로 나도 모르게 고개가 절로 돌아간다. 머리부터 발끝까지 깔끔하게 정돈된 말끔한 모습은 바라보는 이를 즐겁게 한다.

요즘 우리 집이 대변신을 했다. 근 15년 만의 일이다. 5년 전쯤부터인가보다. 해가 바뀔 때마다 계획을 세워놓고서도 엄두가 나지 않았다. 물론 돈도 거금이 들 것이고, 연립의 좁은 공간에 가구를 놓은 채로 일을 벌인다는 게 겁이 나는 것이었다. 봄이 되면 가을로, 또 가을이 되면 다시 이듬해 봄으로 미루며 그렇게 해 넘기기를 5년여.

아이들이 한창 자랄 땐 참으로 뒤스럭을 많이 떤 적도 있었다. 그땐 예쁜 도배지를 골라 직접 도배도 해보고 화원을 들락거리며 화초나 장식품을 사다가 치장을 해보기도 하였다. 또 한 달이 멀다 하고 무거운 가구의 위치를 바꿔 변화를 모색하곤 하였다. 그것으로도 성에 안 차면 무리해서 새 가구를 들여놓기도 하였다. 그러던 것이 나이를 먹어가면서 점점 흥미를 잃어갔다. 언제부터인가 집 가꾸는 게 시들해졌다. 더는 내 관심의 대상이 아니었다.

주인의 게으름으로 누렇게 뜨고 시들어가는 식물처럼 집안이 점점 우중충해져 갔다. 누렇다 못해 거무죽죽한 벽과 골동품이나 다름없는 퇴색한 가전제품들이 볼썽사나운 집안 꼴에 가세했다. 베란다로 나가는 중문은 늙고 병들어서 기운이 달리는지 주저앉아버렸다. 여닫을 때마다 힘겨워 못 가겠다는 듯이 고막을 째는 비명이 창을 넘어 동네 한 바퀴를 휘젓는다. 안방 베란다에서 거실 베란다를 관통한 에어컨의 실외기 배선은 피골이 상접한 중환자 몰골, 그 꼴을 하고서도 낯선 사람이 오면 맨 먼저 나타나 눈을 맞춘다. 무엇이 그렇게 불만인지 두 개의 경첩이 떨어져 나간 농짝 문은 한 개의 경첩에 의지하고 삐딱하게 서 있는 게 영락없는 거리의 부랑아다.

냉장고와 티브이는 지금의 집으로 이사 올 때 같이 들어왔으니 햇수로 20년, 전자레인지는 한술 더 뜬다. 아들 녀석 임신하고 샀으니 군에 간 녀석하고 22살 동갑내기다. 구식에 못생겼다고 구박도 많이 했지만 그래도 기특한 건 그동안 잔병치레 한번 안 하고 제 몫을 다 했다는 것. 자기 귀여움은 자기가 받는다는 말처럼 사람이든 기계든 제 몫을 잘하면 귀여움을 받게 되나 보다. 게다가 20여 년의 세월을 동고동락했으니 모양을 떠나 정이 들 대로 들었다.

도배하기 며칠 전 집안을 둘러보았다. 조도 낮은 전등을 켠 듯

온 집안이 칩칩하다. 오랜 세월 곳곳에 배어있는 익숙한 가족 특유의 체취는 숱한 세월 겹치고 또 겹쳤을 온 가족의 손때 자국과 함께 지난 시간 들을 나에게 이야기해준다.

아들 녀석이 쓰던 방에 들어서니 20여 년 된 장판이 눈에 들어온다. 곰보처럼 작은 흠집투성이 속에는 오랜 세월 쌓이고 쌓인 퇴적물처럼 까만 때로 가득 메웠다. 아이가 어릴 적에 동네 조무래기들이 모여서 날이면 날마다 팽이 시합을 했던 까닭이다. 그 흔적들을 보니 그때의 작은 함성이 들려오는 것 같다.

나는 거침없이 벽지를 뜯어내기 시작했다. 실크 벽지의 특성상 바르기 전에 어차피 뜯어내야 하기 때문이다. 한참을 북북 찢어 내려가던 나는 벽에 귀를 살짝 대본다. 이내 기억 너머로 내 아이들의 작은 소리가 들려온다. 학교에서 상 탔다고 현관에 뛰어들어오자마자 자랑하던 딸아이의 상기된 모습과 함께 울고 웃으며 걸어온 지난 이야기들이 계속 말을 걸어온다.

집수리는 생각했던 대로 대공사였다. 페인트를 칠하는 날부터 집안이 어수선해지기 시작하더니, 다음날은 수마가 할퀴고 지나간 수해 현장처럼 온 집안이 아수라장이 돼버렸다. 좁은 공간에 먼지를 뒤집어쓰고 제멋대로 뒹구는 소품들은 영락없이 흙에서 뒹굴다 들어온 개구쟁이다.

도배하는 내내 나는 조바심이 났다. 마음에 들어서 산 옷도 집에 와서 다시 입어봤을 때 마음에 안 들기도 하는데 큰맘 먹고 하는 공사가 두고두고 후회할 일이 생기면 어쩌나 하는 생각이 들었기 때문이다. 이젠 언제 다시 할지 아득한 일이어서 내내 마음을 졸였는데 그건 기우였다. 신중, 또 신중하게 고른 덕이었다. 벽지와 장판은 대만족이었다.

깔끔하게 새 옷을 입고 내 앞에 나타난 온 집안은 촌스러움을 완전히 벗은 세련미 넘치는 미인(?)이었다. 먼지투성이의 자질구레한 소품들도 깨끗이 씻겨놓으니 곁에서 한몫 거든다. 게다가 다시 산 티브이, 냉장고, 전자레인지 등이 화려한 장신구 역할을 하니 금상첨화다. 미인은 거저 되는 게 아니다. 외모도 중요하지만 첫째 조건은 청결이라 했다. 그리고 돈과 시간 못지않게 관심이다. 힘들어서 며칠을 앓았지만 그것은 순전히 행복에 겨운 엄살이었다. 역시 새것은 좋고 옷이 날개다.

그로부터 1달이 훌쩍 지났다. 아직도 내 집 멋 내기는 현재 진행형이다. 낡은 줄 몰랐던 신발장은 다시 들여온 새것 사이에 끼어있으니 꼭 주눅 든 아이 같다. 새하얀 시트지로 깔끔하게 단장을 해주었더니 도시의 아이가 부럽지 않다. 그런 주인이 고마운지 외출했다 돌아오면 새집 냄새가 현관 밖까지 마중 나와 나를 맞아준다. 나는 그 냄새가 참 좋다.

나는 물건을 살 때 쉽게 고르지 못하는 버릇이 있다. 이곳저곳 다녀 보고 만져보며, 또 비교해 보고, 얼마 동안 더 뜸을 들이다가 산다. 충동구매는 더더욱 없다. 그렇게 물건을 구매하면 내 맘에 쏙 들어서 그 좋은 감정이 상당히 오래간다. 지난해 겨울, 오랜만에 백화점에서 큰맘 먹고 코트를 샀을 때도 그랬다. 집에 오는 내내 쇼핑백 속에 담긴 코트를 몇 번이나 손으로 쓸어보며 얼마나 좋아했던가. 그 후에도 그 옷을 입어보고 만져보기 위해 수시로 옷장 문을 열어보는 버릇은 오랫동안 이어졌다.

각자가 느끼는 행복지수에도 레벨이 있다. 겨우 깔끔하게 꾸민

내 둥지 하나만으로도 이렇게 행복해하는 걸 보면 내 그릇이 작긴 작은 모양이다. 이 콧노래가 언제까지 흘러나올지 나도 자못 궁금하다.

(2014. 5)

아련한 추억 속으로

어저께 뜻밖의 소식을 접했다. 어릴 적 추억의 오두막집 소년이 아주 오랜만에 고향을 찾았다는 것이다. 지나온 세월을 가늠해 보니 나이 60은 족히 넘었으리라. 목회자의 길을 걷고 있다고 했다. 정상적인 코스를 밟았다면 20대 후반쯤에 받았을 목사 안수를 꽤 늦은 나이에 받았다는 말도 전해 들었다. 그가 걸어온 길이 순탄치 않았음을 짐작했다. 나는 그런 정배가 참 장하고 대견하다는 생각을 했다. 그가 자란 환경을 너무나 잘 알고 있기 때문이다. 반가운 그의 소식에 나는 잊고 살아온 지난 시간 속으로 여행을 떠난다.

고향 동네에서 초등학교까지의 거리는 어림잡아 1킬로쯤 된다. 그 중간에 섬말이라는 작은 동네가 있는데 모두 다섯 가구밖에 안 되는 뜸이다. 맨 끝에 자리한 집은 겨우 부엌과 단칸방이 전부인 오두막이다. 그 집은 툇마루도 없이 댓돌만 놓여있을 뿐, 손바닥만 한 마당은 동네 사람들에게 개방되어 있었다. 아니, 그냥 지나다니는 길에 불과했다.

베이비붐세대들이 차세대 꿈나무로 자라던 시절, 아침 등굣길이면 그 길은 아이들로 붐볐다. 언제부터인지 겨울이 되어 살을 에는 추위가 찾아오면 변변찮은 차림의 아이들은 아침마다 예외 없이 추위를 피해 오두막으로 들어가곤 하였다. 귓불이 떨어져 나갈 듯한 강추위를 피해 언 손발을 녹이고 학교에 갈 요량이었다. 너나없이 제집 드나들 듯 들랑거리던 그 집을 아이들은 '정거장'이라 불렀다.

어느 날인가 방 문고리를 잡고 문을 열면서 무의식적으로 부엌 쪽을 향해 고개를 돌렸다. 오죽잖은 부엌에서는 아침을 준비하는지 아주머니가 불을 지피고 있었다. 내 집이면서도 이른 아침부터 허락도 없이 들랑거리는 아이들에게 주인아저씨는 싫은 내색은커녕, 안방을 내어주고도 벌건 불이 담긴 화로까지 방에 놓아주었다. 1남 2녀를 둔 착하디착한 오두막집 부부는 소견이 꽤 답답한 정신지체장애인이었다.

학교에 도착하면 선생님은 그제야 난로에 불을 지피느라 여념이 없었다. 꺼져가는 불씨를 살리느라 난로 가까이 다가가서 입으로 불다가, 때로는 매운 연기에 한 발 뒤로 물러서며 콜록거렸다. 교실 가득 자욱한 연기를 내보낼 요량으로 창문을 모두 열어 젖혀보지만 외려 열어놓은 창문을 통해 밖의 한기가 슬슬 기어 들어왔다. 꽁꽁 언 아이들은 앉지도 못한 채 엉거주춤 서서 매캐한 연기에 줄줄 흐르는 눈물을 양 팔꿈치로 번갈아 훔치곤 하였다.

불쏘시개에 불이 붙으면 비로소 조개탄 투하다. 시간이 지나면서 난로가 벌겋게 달아오른다. 하지만 넓은 교실을 다 덥히기에는 무리수. 요행히 자리가 난로 곁이어서 언 몸을 녹이다 못해 술 취한 듯 얼굴이 불콰한 친구를 보면 한없이 부러웠지만 맨 뒷자리 차지였던 나에겐 그림의 떡이었다.

한낮이 되면 처마 끝에 매달린 고드름은 낙하하기 시작하였다.

그즈음이면 얼었던 손발이 녹느라 얼얼했다. 그 혹한을 견디다 보면 손발은 물론 귀까지 겨우내 동상을 달고 사는 친구가 많았다.

학교에선 추위를 이기는 방도로 겨울이면 종종 책을 덮고 바로 곁의 산으로 토끼몰이를 가곤 했다. 눈 덮인 산을 뛰어다니다 보면 온몸에서는 땀이 났고 신발 속으로 들어간 눈이 녹아 양말을 흠뻑 적셔도 발 시린 줄을 몰랐다.

학교가 파한 후 오는 길에 내 집인 양 또다시 정거장으로 쑥 들어간다. 축축이 젖다 못해 불어서 쪼글쪼글한 발과 양말을 화롯불에 말리다 보면 양말에서는 훈김이 모락모락 피어올랐다.

겨울만 되면 아침마다 들이닥치는 악동들 때문에 오두막집 사람들은 얼마나 괴로웠을까. 연일 아침을 반납하고 아이들 치다꺼리에 북새통이었으니 내 평생 잊을 수 없는 추억을 만들어 낸 그 집과의 인연은 초등학교 6년을 끝으로 졸업과 동시에 마침표를 찍었다.

씨앗은 메마른 땅에 떨어져도 기적처럼 뿌리를 내린다. 그 척박하기 이를 데 없는 땅에서 생명이 움을 틔워 건강하게 자라 어엿한 어른이 되어 돌아왔단다. 도통 떠오르지 않는 그 아이의 어릴 적 모습을 찾아 희미한 기억 속을 헤집다가 한참 만에야 추레한 모습의 흑백사진 한 장을 발견했다.

이른 아침 불쑥 문을 열고 들어가면 허름한 이부자리를 정리하던 자신의 아버지 뒤에 숨어서 바라보던 주눅 든 눈빛…. 그 소년이 성장해서 당당한 모습으로 고향을 찾은 것이다.

초등학교 과정이나 제대로 마쳤는지, 또 그런 아이가 어떤 루트를 통해 험한 세상 속으로 흘러 들어갔던 걸까. 또 그는 어떻게 교회에 입문하게 되었고 목사까지 된 것일까. 비빌 언덕이라곤 하나 없는 객지에서 혹독한 세파에 시달리다가 피해 들어간 곳이 혹, 교회가 아니었는지. 또 그런 세상에 염증을 느껴 삶의 방향을 틀게 된 것이었는지도 모르겠다. 그와 그의 부모는 바로 집 뒤 언덕 위에 교회가 있었음에도 전혀 발걸음 하지 않았기 때문이다.

고향을 찾은 그에게 교회에서는 설교를 부탁했다고 한다. 어릴 적 동네에서 고립무원으로 살았지만 동네가 온통 같은 종씨 집성촌인지라 먼 친척들이 알게 모르게 그 가족의 든든한 지원군이었던 모양이다. 그들이 응원차 그의 설교를 들으러 교회에 총집합했더라는 후문이다. 메마른 땅에서 발아했지만 도저히 제대로 자랄 것 같지 않던 여린 새싹이 자라 잎이 무성한 나무가 되어 돌아왔으니 남이라도 박수쳐 줄 일이다.

육신과 정신이 건강한 사람들도 먹을 것이 없어 물배를 채웠다는 그 시절, 하물며 그들은 오죽했을까. 아침마다 부엌에서 아침밥을 짓는 줄 알았던 아주머니는 혹, 물 솥 아궁이에 애꿎은 군불만 지피고 있었던 것은 아니었는지…. 이다음에 혹시라도 정배를 만나게 된다면 옛날 철부지 적에 괴롬 준 것 사과해야겠다. 그냥 말없이 서로 바라보기만 해도 그 모습에서 따뜻한 삶의 이력이 묻어날 것 같다.

신토불이

수소문 끝에 오늘 오리지널 된장과 고추장을 사 왔다.

된장과 고추장은 요즘 마트나 재래시장에 가면 지천이다. 하지만 검증도 안된 식재료들이 외국에서 무분별하게 들어오다 보니 믿고 먹을만한 신토불이를 만나기가 어려웠다. 해서 그동안 우리 콩으로 담근 장을 무던히도 찾아 헤맸다. 그러던 중에 알음알음 직접 농사를 지어 장을 담가 판다는 아주머니를 알게 되었다.

그러나 인간의 속마음을 어찌 다 믿을 수 있을까. 일일이 따라다니며 제조공정을 확인할 수도 없는 노릇이기 때문이다. 아주머니는 상품도, 맛에도 자신감을 내보이며 먹어보고 나서 선전 좀 해달라고 하셨다. 지금까지 알아본 중에서 가장 믿음이 간다는 생각에 일단 마음을 굳힌 것이다.

된장을 그릇에 옮겨 담다 보니 노오란 속살을 드러내며 특유의 구수한 냄새가 풍긴다. 입안 가득 침이 고인다. 비주얼은 영락없는 예전 친정어머니가 담근 바로 그 된장이었다. 일단 맛이 궁금했다. 식사 때도 아닌데 뚝배기에 보글보글 끓이기 시작했다. 이내 온 집안 가득 퍼지는 구수한 된장 향에 더는 참지 못하고 한 국자 떠서 맛을 보았다. 혀에 착 감치는 게 내가 찾던 바로 그 맛이었다.

대부분의 사람은 태어나서 자란 고향을 평생 잊지 못하며 살아간다. 음식 또한 그렇다. 음식 맛은 장맛이라는 말을 만들어 낸 우리 음식문화 깊숙이 자리한 전통 발효음식. 모든 음식의 기본이 되어버린 장은 어느 집이든 밥상 위에 수시로 오르내리며 사랑받는다,

아기 때부터 혀에 길들어진 발효음식은 어른이 되어 외국에 나갈 때도 빠뜨릴 수 없는 품목 중에 하나란다. 이역만리 떨어진 곳에서도 사랑하는 사람을 그리워하듯 가슴앓이를 한다니 식습관이란 참 놀랍다. 그러나 제아무리 사람들의 사랑을 받고 있을지라도 흔하면 귀한 줄을 모른다.

친정어머니가 살아계실 적만 해도 그랬다. 그 시대 대부분의 동세대들이 그러했듯이 어머니 또한 장 담그시는 게 연례행사이자 생활의 즐거움으로 여기셨다.

가을이 되어 볕 좋은 날이면 장 담그기는 시작되었다. 작은어머니와 이웃 아주머니가 오셔서 어머니의 일손을 거들었다. 여럿이 분주히 손을 움직이다 보면 한나절도 못되어 끝났다.

장이 가득 담긴 크고 작은 항아리들은 햇빛이 잘 드는 장독대로 옮겨졌다. 그곳에 옹기종기 모여 매콤 짭조름한 냄새를 풍기며 익어가는 걸 어머니는 흐뭇한 표정으로 바라보셨지만 난 늘 그게 못마땅해 지청구를 늘어놓기 일쑤.

지난해 담근 것도 퍼먹고 남은 게 아직 많이 남아있는데 왜 그리 부산떠느냐는 핀잔이었다. 그러나 어머니는 내 성화 따윈 아랑곳하지 않으셨다. 외려 동네 사람들로부터 인정받은 실력을 빌미로 이웃집에 초빙되어 훈수까지 두곤 하셨다.

흔히 쓰는 말 중에 없어봐야 아쉬운 줄 안다는, 그 말의 의미를

깨우치기까지는 어머니가 돌아가시고 나서였다. 나중에 사 먹겠다고 큰소리친 것과는 달리 내 마음은 우왕좌왕했다. 시중에 나가면 어디서든 쉽게 구할 수는 있지만 눈뜨고서도 속임수에 넘어갈 수밖에 없는 세상을 살다 보니 다 가짜 같아 보이는 것이었다. 이젠 먹거리조차 마음 놓고 사 먹을 수 없는 짝퉁 천국이 된 것이다.

눈을 흘겨도 품에 착 달라붙는 친구네 애완견 모카처럼 돋보기를 들이대듯 확인, 또 확인해도 어느 사이에 식탁 위에 버젓이 올라앉아 있는 중국산. 먹거리만큼은 국산이어야 한다는 까다로운 조건을 들이미는 나한텐 그것이 허용되지 않았다. 더더욱 장만큼은 우리 것을 지켜내고 싶었다.

가까운 친척한테 근근이 얻어먹으며 몇 년을 견뎠다. 참 감질날 일이었다. 친정어머니 살아계실 적이 눈물 나도록 그리웠다. 그땐 흔전만전 퍼먹고 또 퍼다 먹어도 솟아나는 샘물 같았다. 언제까지나 바닥이 보이지 않을 줄 알았다. 어깨너머로나마 진작 눈여겨보지 못한 게 후회막급이었다. 나의 태만과 무심함이 원망스러웠다.

쥐도 궁지에 몰리면 돌아선다던가. 한계를 느낀 나는 팔을 걷었다. 정면 돌파를 시도하기로 한 것이다. 그러나 서당 개 3년이면 풍월을 읊는다지만 나한텐 '해당 사항 무'였다. 팔은 걷었지만 재료조차 파악할 수가 없었던 것이다. 수십 년을 친정에 드나들며 곁눈질이라도 했을 법한데 얼마나 무관심했으면 이렇듯 낙제 점수일까.

생각 끝에 결국 아래층 할머니의 도움을 받기로 했다. 먼저 손쉽게 담글 수 있는 고추장 담그기에 도전하기로 했다. 할머니의 오랜 노하우를 전수받는 엄숙한(?) 시간, 늦게나마 문맹을 면해

보려고 배움의 길로 들어선 이들이 나와 같을까. 나는 그에 못지 않게 열심히 현장 실습과 함께 재료와 담그는 순서, 그리고 각 재료의 분량을 머리뿐 아니라 폰과 수첩에도 저장했다. 몇 년 후에 다시 담글 때 잊지 않기 위해서였다.

어느새 붉은 고추장이 함지박에 가득하다. 눈대중으로 보아 몇 년은 먹고도 남을 넉넉한 양이다. 바라보기만 해도 배부르다는 말은 이런 때를 두고 하는 말인가 보다. 그동안 얼마나 〈국산〉에 허기졌는지 흡족한 표정으로 바라보면서 헤벌린 입을 다물 줄 몰랐다.

내가 강 건너 불구경하듯 하던 장 담그기에 이렇듯 열심인 걸 보면 내게 더는 미룰 수 없는 과제였나 보다. 자신을 얻고 난 나는 이번엔 된장 담그기에 도전하고 싶었다. 여러가지 시장조사를 해봤지만 주변 사람들 얘기로는 그것만큼은 포기하라고 했다. 항아리에 메주를 띄우려면 종일 햇볕이 들어야 하는데 아파트나 빌라는 부적합하단다. 아쉽지만 접기로 했다.

대신 바라만 봐도 구수한 된장 맛을 떠올리게 하는 미더운 여인을 덤으로 얻은 건 행운이었다. 비록 유상 지원이지만 앞으로 우리 집 된장독은 그녀가 관리하기로 했다. 일단락하고 나니 한옥의 삭아서 내려앉은 서까래와 주춧돌을 다시 곧추세운 느낌이다.

좋은 세상에 태어났기 망정이지 옛날 같으면 소박맞는다며 깔깔거리던 할머니, 그 생각을 하면 지금도 입가에 미소가 번진다.

흔들리지 않고 피는 꽃은 없다

눈에 보이지 않는 복이 있다고 한다. 복의 많고 적음은 태어나기 이전에 이미 조물주로부터 결정된다는 것. 각자 배부받은 몫을 가지고 나와 나름대로 한평생을 살아가는 것 같다.

좋은 부모, 좋은 친구, 좋은 배우자, 이 세 가지가 충족됐을 때 세상살이가 즐겁다고 한다. 그중에서도 좋은 부모를 만나는 것이야말로 가장 중요한 행복의 조건일 것이다. 선택의 여지없이 맺어지는 부모 자식 간의 인연. 옥토에 뿌려진 생명은 좋은 결실을 맺지만 척박한 땅에서는 자양을 공급받지 못해 제대로 성장할 수가 없다. 피어보기도 전에 어린 순이 꺾인다면 너무나 가혹한 일이다.

오늘 종일 내 눈은 젖어있었다. 발단은 대전가는 길에서였다. 함께 가던 언니는 어젯밤에 본 TV 프로 이야기를 하기 시작했다. 채널도, 제목도 생각나지 않는다며 풀어놓기 시작한 이야기는 불우한 3형제 이야기였다.

아이들의 아버지는 얼마전에 죽고, 엄마는 이미 5년 전에 가출한 상태라고 한다. 험한 세상에 의지할 곳 없는 열아홉, 열일곱, 그리고 아홉 살배기 어린 삼 형제만 남았다. 이 어린 것들만 두고 어찌 눈을 감았을까. 떠나기 전에 아이들 아버지는 절대로 흩어지지 말고 서로 위해주며 함께 살기를 간곡히 당부하였다고 한다. 이쯤에서부터 내 마음은 흔들리기 시작했다. 빚까지 남기고 가면서 어린것들한테 그런 말 할 때의 심정은 오죽했을까.

이야기가 본궤도에 들어서자 정이 많은 언니는 울먹울먹 이야기를 이어나갔다. 점점 감정이 복받치는지 흐르는 눈물에 이야기를 제대로 잇지 못했다. 핸들 잡은 손을 번갈아 가며 연신 눈두덩을 훔쳐댔다.

결국 취재진을 대동하고 수소문 끝에 어렵사리 어머니를 찾을 수 있었다고 한다. 아이들의 어머니는 사람의 온기마저 식어버린 재개발 철거민촌에 살고 있었다. 취재진과 아들이 함께 잠복한 다음 날에서야 겨우 얼굴을 마주한 엄마는 아이에게 다시는 찾지 말라고 냉정하게 말하더라는 것이다. 다시는 찾지 않을 테니 한 번만 안아달라고 애원했지만 차갑게 식어버린 목석같은 여인을 결국 아이 혼자서 꼬옥 끌어안더라는 이야기를 할 땐 마침내 언니는 참았던 울음을 터트렸다.

슬픔은 쉽게 전염되는가 보다. 출발할 땐 콧노래가 나오는 쇼핑 길이었으나 어느덧 내 눈에서도 눈물이 그렁그렁 맺히기 시작하였다. 껌벅이면 굵은 눈물방울이 떨어져 내 마음을 들킬 것 같아 나는 창밖의 먼 산만 바라보았다.

세상에는 참 딱한 사연도 많다. 맏이가 이제 열아홉, 한창 부모에게 용돈이나 타 쓰며 걱정 없이 공부할 나이에 두 동생을 거느린 가장이라니, 그런 혹독한 멍에가 또 어디 있을까. 그 이야기는 종일 나를 따라다녔다. 약한 지반 따라 분출되는 마그마처럼, 장맛비에 짓무른 땅처럼 슬픈 이야기가 담긴 내 마음에서는 순간순간 생각날 때마다 무엇인가 속에서 울컥 치밀어올랐다.

집에 오자마자 나는 인터넷 검색을 하기 시작했다. 종일 내 마음을 흔들었던 진원지를 찾고자 함이었는데 몇 군데 클릭하자마자 쉽게 찾아낼 수 있었다. 모 방송사의 '동행'이란 프로였다. 현장감 넘치는 생생한 화면 속에는 뿌리째 뽑힌 힘 잃은 아이들의 모습이 고스란히 담겨 있었다. 훤칠한 외모의 아이들은 어려운 환경에도 반듯하게 잘 자라주었다는 생각이 들었다. 실업고등학교를 다니며 취업 준비 중이라는 위의 두 아이는 그런대로 다 큰 셈이었다. 한창 엄마의 손길이 필요한 아홉 살 아이에게 눈길이 멎자 안쓰러워서 눈을 뗄 수가 없다.

사용할 일이 없어 겨우내 잠가놓았던 안방 베란다 중문을 오랜만에 열었다가 나는 깜짝 놀랐다. 지난해 여름 상추를 심었던 작은 스티로폼 상자에 나팔꽃 식물이 자라고 있는 게 아닌가. 그곳은 긴 겨울 동안 방치되어 물기 하나 없이 메말라 먼지만 푸석한 곳이었다. 그런 땅에서도 씨앗이 발아하다니…. 허공을 향해 내저었을 넝쿨손은 어느 것도 잡을 수 없자 그냥 똬리를 틀고 철퍼덕 주저앉아 계절을 느낄 수 없는 그곳에 생기를 불어넣고 있었다. 나는 뽑아버릴까 하다가 모진 생명력을 꺾는다는 게 미안한 생각이 들어 이내 마음을 바꿨다.

그동안 얼마나 목이 탔을까 생각하면서 시원한 물 한 바가지를 부어 주었다. 매캐한 흙냄새를 풍기며 물이 서서히 잦아들었다. 긴급 수혈이었다. 안간힘을 다해 생명줄을 잡고 있던 식물이 가뭄에 단비 만난 듯 좋아서 싱글벙글하는 것 같았다. 쪼그리고 앉아 그 광경을 지켜보노라니 험난했던 내 지난 인생 스토리가 비집는다.

작은 아이 만 7개월 때였다. 당시 우리 가정에 폭풍우가 휘몰아쳤다. 남편의 대형 교통사고로 가정이 풍비박산 일보 직전이었다. 너무나 엄청난 사고 앞에서 나는 패닉 상태였다. 그런 와중에도 나는 반사적으로 암탉이 병아리를 품듯 두 아이를 양 날개 아래 품었다. 아이들 없는 내 삶은 생각조차 할 수 없는 일이었다. 나는 끝까지 내 안위를 포기하고 내 아이들을 지켜내었다. 극한 상황에 처했을 때 자식을 보호해야겠다는, 모성애란 바로 그런 것이 아닐까. 누구나 다 인생관이나 가치관이 다르다고는 하지만 내 상식으로는 아이 엄마의 무책임한 행동이 도무지 이해가 되지 않는 것이다.

이후로 나는 베란다 문을 열어보는 일이 잦아졌다. 어느 날인가 문을 열어보고는 깜짝 놀랐다. 꽂아준 대롱을 타고 오르던 나팔꽃 줄기가 천장 아래 매달린 빨래 건조대까지 넝쿨손을 뻗은 게 아닌가. 처음에 뽑아버릴까 했던 마음은 잘 자라는 걸 보고선 더욱 쑥쑥 자라길 바라는 나의 이율배반.

어쩌면 그것은 저 아홉 살배기 아이를 향한 나의 마음일지도 모른다. 빈손으로 험한 세상 헤쳐 나간다는 게 녹록지 않음을 익히 알기에. 또 어린 동생만 아니면 위의 두 형에겐 미약하나마 홀로서기에 훨씬 자유로울 거라는 생각이 들었기 때문이다.

그러나 정도의 차이일 뿐, 흔들리지 않고 피는 꽃은 없다. 길가의 잡초도 밟히고, 또 밟혀서 굽고, 또 굽은 허리를 펴고 하늘을 우러르지 않는가. 긴긴 여름 비바람에 할퀴고 찟기면서도 마침내 한 송이 꽃을 피워내는 나팔꽃처럼 모든 걸 극복하고 인간승리를 실현하는 아이들이 되길 빌어본다.

밥주걱

수저통에서 수저를 꺼내려는데 번뜩, 뭔가가 시선을 스친다. 스테인 밥주걱이다. 빼내어 앞뒤를 뒤집어보며 빙긋이 미소짓는다. 홈이 팬 뒷면에는 무엇으로도 지울 수 없을 세월의 때가 끼어있다. 바라보노라니 생각은 10여 년 전의 시간 속으로 거슬러 오른다.

딸아이가 천안으로 고등학교에 가게 되었다. 기숙할 마땅한 집이 없어서 고심 중이었는데 마침 천안의 아는 목사님을 통해서 아파트에 혼자 살고 있는 교인 할머니 한 분을 소개받을 수 있었다.

도심의 아파트에서 홀로 사신다기에 나름 깔끔하고 깐깐한 멋쟁이 할머니 모습을 떠올려보았다. 그러면서 성격이 까다로우면 아이와 어찌 맞춰 살까 염려도 없지 않았다.

짐을 옮기는 날 현관문을 열고 맞아주시던 모습은 의외였다. 수수하고 다소 촌스러운 77세의 노인이었다. 시골의 어느 동네 골목에서나 쉽게 마주칠 수 있는 전형적인 한국형이었다. 그러면서도 어딘가 푸근해 보이지는 않았다.

엄마의 마음은 다 그런 것일까. 아직 미성숙한 아이인데다 난생처음으로 낯선 곳에 떼어놓고 돌아선다는 게 영 발걸음이 떨어지지 않았다. 집에 돌아왔는데도 겨우 몸만 왔을 뿐, 마음은 온통 그곳 생각이었다. 아이가 못 미더워 매일 전화하며 노심초사하였다.

그러던 어느 날 보고 싶은 마음을 억제하지 못하고 갑자기 집을 나섰다. 거실에서 성경을 읽다가 잠시 나가셨는지 펼쳐놓은 책 위에는 할머니의 돋보기가 놓인 채였다. 할머니의 생활이 단조로워 보이고 왠지 쓸쓸해 보였다. 그 쓸쓸함을 지우기라도 하듯 코너에 놓여있는 싱그러운 식물들만이 생기를 품어내고 있었다.

갈 때마다 굳게 잠겨있어 호기심을 자아내던 안방 문이 그날따라 빼죽이 열려있었다. 감히 누구도 범접할 수 없을 것 같은 크고 비밀스러워 보이는 방, 나는 신기한 듯 처음으로 안방을 훔쳐보았다. 그 작은 공간에는 할머니의 일생이 숨겨져 있었다. 아직도 건재하신 듯 한복 차림에 갓 쓴 할아버지의 흑백 초상화가 맞은편 벽 위에서 비스듬히 아래를 내려다보고 있었다. 초상화로 볼 때 아마 할머니는 젊은 날에 혼자 되셨을 거라는 생각을 갖게 했다. 그럼에도 지금껏 안방에 모셔져 있음은 할머니의 마음속 깊이 정신적 지주 역할을 하고 있다고나 해야 할까. 서로 떼려야 뗄 수 없는, 뭔가 단단히 결속되어있는 듯한 느낌이 들었다. 할아버지의 모습은 완고함과 위엄이 차고 넘쳤다. 문틈으로 보았던 또 다른 세상은 슬하에 딸 여섯을 두었다는 할머니의 젊었을 적 고된 삶을 보는 듯했다.

만 2년을 할머니와 함께 산 딸아이는 3학년이 되면서 기숙사로 들어가게 되었다. 함께 사는 동안 아이와 할머니는 서로 맞지 않아 사이가 버석거렸다. 갈 때마다 할머니는 아이의 못마땅한 부분을 고자질하듯 이야기하셨다.

노인 냄새가 난다며 추운 겨울에도 창문을 활짝 열어놓고 얼굴을 밖에 내놓은 채 숨 쉰다고 했다. 또 욕실에서 발 닦고 나올 때

슬리퍼를 기울이지 않아, 다시 할머니가 들어갈 때 신발 속의 물에 '철퍽' 빠진다며 볼멘소리도 쏟아냈다. 함께 사는 동안 만들어낸 이런 온갖 불협화음에도 또 다른 아쉬움이 남았던 걸까. 아이는 인연의 연결고리를 남겼다.

기숙사로 들어가던 날, 싣고 온 짐을 정리하다가 빨간 전기밥솥 속에 있는 스테인 밥주걱을 본 것이다. 할머니가 오랜 세월 쓰신 듯 손잡이 앞뒤로 때가 낀 밥주걱에 누런 밥알이 덕지덕지 붙은 채였다. 찝찝해서 처음엔 버릴까 했다. 그런데 볼수록 크기도 알맞고 튼튼한 게 버리기에는 왠지 아까운 생각이 들었다. 수세미에 세제를 듬뿍 묻혀 깨끗이 닦았다. 그런데도 왠지 정이 가지 않아 수저통에 그냥 꽂아만 두었다.

그랬었는데 언제부터인지 모르겠다. 나도 모르는 사이에 그 주걱이 내 사랑을 받기 시작했다. 그러면서 밥을 풀 때마다 그 밥주걱을 찾게 되고 뽑아 들고서는 잠시 그분을 떠올리는 것이다.

얼마 전에는 밥을 푸려고 밥주걱을 빼 들자 갑자기 그분의 근황이 궁금했다. 저장해둔 전화번호를 찾아 번호를 눌렀다. 우리말과 영어로 결번을 알리는 안내 멘트가 들렸다. 다시 한번 확인차 전화했지만 할머니의 부재를 확신이라도 시켜주려는 듯 영어 멘트가 흘러나오고 있었다. 만남은 또 다른 헤어짐을 예고하는 것인 줄 알지만 주체 못 할 허무함이 엄습함은 왜일까. '아! 돌아가셨구나.' 머리가 빈 듯 잠시 멍한 상태로 앉아있었다. 들고 있던 수화기에서는 믿지 못하는 내 마음에 다시 한번 확신이라도 시켜주려는 듯 할머니의 부재를 큰 소리로 알리고 있었다.

산다는 건 이런 것일까. 바람처럼 왔다가 한마디 작별 인사도 없이 어느 날 바람처럼 사라지는…. 서로 가까이 지낸 사이도 아니고 더더구나 많은 정이 든 것도 아닌데 왜일까. 허전하고 쓸쓸했다. 언제까지나 푸르름의 세상일 것 같은 자연도, 시간이 지나면 색을 잃고 낙엽이 되어 허공을 구르듯 사람 또한 그렇게 가는 것인가 보다.

나는 울적한 마음이 되어 폰에 저장된 할머니의 이름과 번호를 지웠다. 그러면서 생각했다. 세월이 흘러 나이를 먹는다는 것은 저장된 이름 하나씩 지우는 것일 거라고.

잃어버리지만 않는다면 평생을 쓰고도 남을 밥주걱, 이젠 정들어서 버리지도 못하겠다. 살면서 오늘처럼 스칠 때마다 세상에서 잠시 인연을 맺었던 할머니를 떠올릴 것 같다. 한집에서 2년을 호흡하며 산 인연인데, 아이 또한 훗날 밥주걱을 보여주면 빙그레 웃지 않을까.

어쩌면 건강이 더 안 좋아져서 딸이 모셔갔을 수도 있겠다는 생각을 애써 해보면서도 나는 아직도 그분의 부재를 인정하려 들지 않는다. 아! 언제까지일까. 밥주걱을 보며 할머니의 세상에 존재하심을 반신반의하는 것은?

(2013. 9)

세상은 넓고도 좁다

몇 해 전, 딸아이하고 이탈리아에 여행 갔을 때의 일이다.

남부 해안 도시를 관광하고자 시내에 도착 후 차에서 내려 걷던 중이었다. 나는 길 아래 군락을 이룬 지중해 연안에서나 볼 수 있는 올리브 나무들을 신기한 눈길로 바라보고 있었다.

순간, 딸아이의 외마디 소리에 나는 소스라치게 놀라 고개를 돌렸다. 큰 사고 난 줄 알았다. 한데 누군가랑 둘이 부둥켜안고 있는 게 아닌가. 뭔 일인지 놀란 가슴을 한 손으로 누르고 가까이 다가가 보았다. 끌어안은 상대는 아가씨였다. 반가움에 웃으며 서로 양손을 놓지 못하는 중에 자초지종을 들을 수 있었다.

아가씨는 딸아이의 직장 동기였는데 지금은 이직했고 지난주에 결혼식을 올렸다는 것이다. 딸은 바빠서 결혼식엔 참석하지 못하고 축의금만 보냈는데 이곳에서 만날 줄 몰랐다며 신기해했다. 연신 두 손을 맞잡고 이야기하는 둘을 새신랑은 빙긋이 미소 지으며 바라보고 있었다. 아무리 외국 여행이 빈번한 요즘이라지만 그 먼 곳에서, 참 있을 수 없는 일이다. 그녀는 시내 관광을 마치고 나가는 중이라 했다. 2~3분만 비켰어도 못 만났을 절묘한 타이밍이었다.

내 어릴 적, 지구는 크고 어마어마하게 넓었다. 올라갈 수 없는 나무는 쳐다보지도 말랬다고, 당시엔 갈 수 없는 나라들이란 생각에 아예 세계 대부분 나라 모두 관심 밖이었다. 이름은커녕 위치조차 잘 몰랐다. 그렇게 아득히 먼 나라들이었지만 나는 대국(大國)인 미국이라는 나라만큼은 들어서 어렴풋하게나마 알고 있었다. 그러나 내 주변 시골 동네에서 그곳에 가봤다는 사람이 없는 미국은 나에겐 달나라만큼이나 멀고 먼 상상 속의 나라였다.

그 후로 아주 가끔 보도를 통해 미국에 다녀왔다는 정치인이나 유명인의 이야기가 들려오기도 하였다. 그때는 돈 많고 아주 특별한 사람들만 간간이 외국 나들이를 했던 것 같다. 점점 세월이 흐르면서 한번 이민을 가면 10여 년 만에야 겨우 고국 땅을 밟았다는 말도 들렸다.

그랬었는데, 아마도 1990년대를 지나면서부터였던 것 같다. 세계 공산 국가들이 무너지면서 영공이 개방되고 조금은 외국 나들이의 운신 폭이 넓어졌다. 아들만 있는 엄마는, 딸 가진 집 엄마를 부러워했다. 이담에 비행기 타겠다며 덕담을 했다. 아들과는 달리 딸이 부모를 살뜰히 챙기며 간간이 해외여행도 보내준다는 소리가 들리기 시작하면서부터다.

그러나 이젠 해외여행은 딸 가진 사람들만의 전유물이 아니다. 생활 수준이 이전과는 비교불가인 데다 각 나라 간의 교류와 교역이 활발한 요즘, 서로 자유롭게 국경을 넘나드는 시대가 된 것이다. 세계 구석구석에 우리나라 사람 살지 않는 곳이 없다고 한다. 그렇게 가깝다 보니 지구촌이라는 말이 생기고 각 나라 뉴스를 우리나라의 지방 뉴스처럼 자연스럽게 접할 수 있는 시대가 되었다.

최근에 또다시 깜짝 놀랄 소식을 들었다. 초등학교 친구 하나가 결혼 후 미국으로 이민을 갔다. 뉴욕에서 살다가 최근 사업체를 워싱턴으로 옮겨 살고 있는데 어느 날 연락이 왔다. 초등학교 동창 지순이 기억나느냐고 물었다. 너무나 까마득한 옛날 일이라 기억을 더듬다가 한참 만에야 빛바랜 생머리 단발의 그녀를 기억해낼 수 있었다. 강남에서 큰 유명 의류매장을 하다가 접고 미국으로 건너간 지 10년이 되었다는 그녀가 최근 친구네 곁으로 이사해서 서로 가까이 지내고 있다는 것이다.

둘이 처음 봤을 때 동양인, 특히 한국인 외모라는 것에 관심과 호기심이 일었을 것이다. 이어서 말을 건넸을 터이고, 좀 더 들어가 고향을 물으며 퍼즐 맞추듯 조합해본 결과 동창이라는 것을 알았을 때 얼마나 반가웠을까. 그 드넓고 넓은 땅에서 이웃으로 다시 만나 살아간다니 둘의 인연은 참 기가 막힌 인연이다.

몇 해 전, 국내에서의 일이지만 나에게도 비슷한 일이 있었다. 내 일터에서였다. 차 한 대가 정차하더니 여운전자가 반갑게 알은체하는 것이었다. 도통 기억에 없는 그녀에게 누구시냐고 물었다. 그녀의 이야기를 듣고서 30여 년 전을 떠올렸다.

두 집 남편이 사업상 잘 아는 사이라서 가족 동반 야유회를 간 적이 있었다. 당시에 그녀는 첫아이인 갓난쟁이 딸을 안고 있었다. 그 아이가 이제 30이 훌쩍 넘었다며 웃는다. 그녀가 한눈에 날 알아본 것은 얼굴에서 세월의 흔적이야 가릴 수 없겠지만 예나 지금이나 변함없는 내 신체 사이즈 때문이었을 게다. 두툼하게 나잇살이 쪄서 안정감 있어 보이는 펑퍼짐한 그녀 모습은 그러잖아도 무딘 내 눈을 가렸던 것이다.

이처럼 사람은 태어나 한 생을 살아가는 동안 참으로 다양한 사람들과 관계를 맺으며 살아간다. 학창 시절, 또는 직장이나 사회 생활 등을 통해 만남과 헤어짐의 반복 속에서 살아간다. 옛날에는 여건상 생활반경이 좁을 수밖에 없었다면, 반대로 지금은 너무나 빠른 세상에서 드넓은 지구촌을 이웃 마실 다니듯 살아가고 있다. 여러 인종이 이 크나큰 땅덩이 동서남북에 부지런히 발자국을 찍으며 뒤섞여 사는 세상이 된 것이다.

그렇다고는 하지만 멀고 먼 이탈리아에서의 딸아이 이야기나 미국에서 동창 둘이 이웃으로 만난 이야기는 아무리 생각해봐도 고개를 갸웃하며 미소 짓게 한다. 80억이 육박하는 인류가 살고 있다는 이 엄청나게 큰 땅덩이에서 결코 쉽지 않은 일이기 때문이다.

그런 걸 보면 확률은 낮을지라도 살아있는 한 사람은 어디서든 누구라도 만날 수 있다. 어느 곳에서 누구를 만나든지 간에 이탈리아에서 보았던 딸아이처럼은 아닐지라도 웃으며 서로 안부를 물을 정도는 돼야 하지 않을까. 외나무다리에서 만나는 일은 없도록 잘 살아야겠다.

4장

미 동부, 캐나다 여행기

새로운 세상을 향해

1년 전이었다. 그러니까 작년 가을, 딸아이는 슬며시 1년 후의 선물을 제시했다. 내년 이맘때 해외여행 보내주겠다며 마음에 드는 여행지를 생각해 놓으라는 것이다. 아직 여행의 참맛을 느끼지 못해서인가. 겨우 딸아이가 여행지를 정하면 따라나서기는 했지만 늘 고생스럽고 번거롭다는 생각뿐, 평소 별 관심이 없던 터였다. 게다가 꽤 긴 기간이 남았다는 생각에 그냥 건성으로만 알았다고 답했다.

비행기 티켓이 딸아이가 다니는 항공사에서 무료로 나오기 때문에 굳이 싫을 까닭도 없는 터. 더구나 아이가 동행할 자유여행이니 모든 준비는 딸의 몫이고 나는 따라다니기만 하면 되는 편안한 여행길이다.

그 후 시간이 꽤 지났음에도 나는 여행지 선정에 느긋한 마음이었다. 문득 생각이 나서 정했다가도 수시로 바뀌었다. 얼마 안 남았다며 채근하는 딸아이의 전화에 화들짝 놀라 달력을 보니 두어 달로 다가왔다. 갑자기 내 머릿속이 바빠졌다. 그럼에도 여전히 망설이는 나에게 딸은 호주를 권했다. 하지만 호주는 역사가 짧아 마음에 담아올 것이 별로 없을 거란 생각이 들었다. 최종적으로 미 동부와 체코의 프라하로 좁혀졌다. 한데 미국은 선진국이라서 각 매체를 통해 수시로 접하다 보니 익히 아는 터라 굳이 그 나라에 갈 필요 있나?라는 생각이 들었다. 프라하 또한 시기상조라는 생각. 역사가 깊을 뿐 아니라 유적도 많고 도시 전체가 아름다워서 시가지 전체가 세계 유네스코에 아름다운 도시로 등재되어 있다는 그곳이지만 유럽은 여행의 완결판이라는 말을 들었기 때문이다. 세계 각 나라를 돌고 맨 마지막에 들러야지 미리 유럽부터 여행하고 나면 다른 나라를 여행할 때 시시하다는 것이다. 그쪽 나라 중에 이미 다녀온 곳도 있지만 그래도 그곳만큼은 아껴두고 싶었다.

날짜는 한 달 앞으로 꾸역꾸역 다가왔다. 또다시 빨리 정하라는 딸아이의 채근에 난 허겁지겁 미 동부로 정했다. 그러자 딸아이는 인접한 캐나다 토론토를 일정에 집어넣었다.

그러고 나서도 별 관심 없이 어영부영 시간을 흘려보내다가 여행 갈 날 일주일을 앞에 두고서야 마음이 조급해졌다. 여행지에서 필요한 옷가지라던가 모자 등을 사 나르다 보니 일주일이 후딱 지나갔다.

챙겨 놓은 짐을 어젯밤 최종적으로 점검한 후 오늘 이른 아침에 나는 가벼운 마음으로 캐리어를 끌고 집을 나섰다. 서울에 거주하는 딸과 합류하기 위해 오전 6시 반 서울행 시외버스에 올랐다.

버스를 타고 가는 중에 조금 설레기도 했지만 또 다른 한편으로는 여행을 가는 게 맞나?라는 생각도 들었다. 왜냐하면 여행 떠나기 전에 건강 이상 무, 최상의 컨디션을 만들어놓고 떠나야 한다는 생각인데 얼마 전부터 몸에 이상이 느껴졌기 때문이다.

어느 날 욕실에서 샤워 중 두 발이 모기에게 공격당한 것처럼 심하게 따갑고 가려웠다. 나는 욕실에 모기가 살고 있다는 생각을 했다. 처음엔 손으로 긁다가 가려움을 이기지 못해 드라이 브러시로 실핏줄이 터져 피가 보이도록 박박 긁었다.

그런데 그 후에도 낫지 않고 가끔 증상이 나타나는 것이었다. 피부과에 다녀와야지 생각하면서도 나는 증상이 사라지기를 바라며 차일피일 미루고 있던 참이었다. 치료가 안 된 상태인데 떠났다가 여행지에서 더 큰 이상이라도 생기면 어쩌나 하는 불안, 그런 생각을 하다 보니 그러잖아도 썩 내키지 않는 여행길인데 발걸음이 무겁고 별 흥미가 느껴지지 않았다. 게다가 오후 4시 반 비행기라며 딸아이는 왜 첫차를 타라 했을까. 잠도 설치며 이른 새벽부터 일어나 북새통을 떤 게 약간 억울하기도 하고 짜증도 밀려왔다.

중국을 경유해서 토론토로 날아갈 예정인데 상해 공항을 출발, 그곳까지 총 14시간의 비행이라 했다. 걱정이 앞섰다. 장시간을 하늘에서 보내려면 기내에서 눈도 붙여야 하는데 나는 예민한 성격이라 그곳에서 쉬 잠을 이룰 수 없기 때문이다. 이러저러한 생각에 머릿속이 어지러웠다. 또 13시간의 시차는 어떻게 극복할지도 의문. 누가 들으면 행복한 고민이라 할지 모르지만 그랬다. 그런 걱정이 미리 엄습해왔다.

그러던 중 버스는 서울에 도착하고 전철로 갈아타며 딸아이 집에 도착했다. 딸은 내가 도착한 후에서야 짐을 꾸리기 시작했다. 그런데도 집시처럼 떠도는 직업으로 늘 하던 일이라서인지 손놀림이 노련했다. 간편하게 짐을 하나로 만들기 위해 내 가방의 물건들을 딸의 커다란 캐리어에 옮겨 담았다. 수속을 하려면 출발 3시간 전에는 공항에 도착해야 한다고 딸은 말했다. 그 말을 들으니 일찍 오란다고 투덜거렸는데 서두른 것이 잘했다는 생각을 했다.

중국을 경유하다

오전 11시 반, 우린 서둘러 공항 철도를 탔다. 이제야 드디어 여행길에 올랐다는 조금은 기대와 흥분과 호기심도 일었다. 공항에서 수속을 마친 우린 식당으로 들어갔다. 한식당(韓食堂)에서 돌솥밥으로 아침 겸 점심을 해결하고 밖으로 나오니 비행기 이륙까지는 꽤 시간이 남았다. 우린 남아도는 시간에 면세점도 들르고 여행지에서 필요한 물건도 사며 즐겁게 쇼핑을 했다.

시간은 참 빨리도 간다. 비행기에 탑승하라는 안내 방송이 들린다. 대기하고 있던 우리는 서둘러 비행기에 올라 자리를 잡았다. 우리를 태우고 갈 비행기는 중국 국적기인 동방항공.

큰 덩치가 하늘을 날기 위해 서서히 활주로를 움직인다. 좌우로 워밍업. 그러다가 전속력으로 내달리다 이내 땅을 박차고 오르는 한 마리의 새, 바로 그런 느낌이었다. 동시에 내 마음도 땅을 박차듯 하늘을 향해 오른다. 덩달아 마음도 기대로 부풀었다.

안전고도에 진입했다는 안내 방송이 나오고서 밖을 보니 운해(雲海)가 끝없이 펼쳐져 있다. 눈이 부시다. 포근한 솜덩이에 내려앉은 느낌을 채 즐기기도 전에 또다시 안내 방송, 곧 상해 푸동공항에 착륙할 예정이란다. 중국이 우리나라에서 이토록 가까운 나라라는 게 새삼 놀랍다. 체제가 다른 나라이기 때문에 옛날에는 갈 수 없는 나라였는데…. 잠깐 우울한 마음으로 이들과 연관된 우리나라의 지난 아픈 역사를 되짚어보았다. 서서히 하강하는 비행기, 창을 통해 밖을 보니 낯선 풍경들이 눈에 들어온다. 착륙까지는 이륙 후 1시간 40분이 소요되었다.

비행기에서 내린 우리는 공항 내의 식당에서 간단하게 저녁 식사를 마친 후, 공항 옆에 위치한 예약된 호텔로 들어갔다. 원래 계획엔 중국을 경유하는 김에 동방명주의 야경을 조망할 예정이었다. 푸른 물결이 넘실대는 황푸강 건너 상해의 자부심이라는, 오색 불빛에 싸여 신비로움마저 드는 동방명주의 야경이 다시 한번 보고 싶었다. 한데 여유 시간이 모자라 아쉽게도 포기했다.

예약된 방으로 들어서니 새하얀 옷을 입은 더블과 싱글 두 개의 침대가 우리를 기다리고 있었다. 내일을 위해 우린 씻고 일찍 잠자리에 들었다. 그래도 빼놓을 수 없는 것, 우린 여자니까. 얼굴에 마스크 팩을 붙이고 나란히 누워 도란도란~ 잠자리는 쾌적했다. 이야기를 나누다가 이내 꿈나라로~

머나먼 토론토 & 시내 풍경

이튿날 아침, 개운하다. 잠자리가 바뀌었는데도 비교적 숙면을 취했다. 커튼을 젖히니 바로 앞이 공항이라 비행기들이 수시로 들고 난다. 바라보는 것만으로도 마음이 들뜬다. 오늘 일정은 캐나다로 떠나는 것. 긴 시간 비행이라니까 오늘 하루는 꼬박 비행기 안에서 보내야만 된다. 오전 11시 40분 비행기라 했다. 수속 하려면 시간이 걸리니까 우린 서둘렀다. 공항 내에 있는 한식당에서 역시 오늘도 돌솥 밥으로 해결, 어제에 이어 또 먹었지만 물리지는 않았다.

수속을 마치고 스타벅스에 앉아 느긋하게 커피를 마시며 시간을 보내던 중 비행기 수리를 하느라 딜레이 된다는 방송이 흘러나왔다. 언제까지? 짜증이 밀려왔지만 할 수 없는 일, 살면서 기다려야 하는 일이 어디 이번뿐이었는가. 가다가 막히고 뚫리는가 싶으면 또 멈춰야 하는 게 인생살이거늘. 그냥 편하게 뚫릴 때까지 기다리는 수밖에.

같은 비행기를 탈 사람들이 대기실 의자에 널브러져 있다. 모습을 바라보며 삶의 여정을 생각해 본다. 이 세상에 여행 온 사람들, 또 다른 어디론가 떠나려는 저 사람들은 어디로 가는 것일까. 정처 없이 흩어졌다가 모이고 또다시 흩어지며 덧없이 살아가는 게 또한 인생살이란 생각을 해본다.

잠시 생각에 잠기다가 고개를 돌리니 공항에서 점심 도시락이 제공되었다. 입에 맞지는 않았지만 그런대로 대충 한 끼를 때웠다. 밥을 먹은 후 비행기에 오르기까지는 아마도 많은 시간을 기다려야 할 것 같아 우리는 그 여유로운 시간에 아이 쇼핑하기로 했다. 면세점을 돌며 눈요기도 하고, 여자 아니랄까 봐 화장품매장에 들러 립스틱도 발라보며 시간을 보냈다.

그러던 중 또다시 안내 방송이 들린다. 알아들을 수 없는 언어에 궁금한 나머지 딸에게 물었다. 탑승하라는 안내 방송이란다. 방송을 들은 사람들이 부스스 자리를 털고 일어난다. 딜레이 2시간 만이었다.

탑승, 설렌다. 폰도 비행모드로 전환하고 긴 비행을 마음속으로 준비한다. 서서히 활주로를 움직이던 비행기는 힘차게 날아오른다. 한 마리의 새처럼. 이륙 15분이 지나면서 안전고도에 진입했다는 안내 방송이 흘러나온다. 이어서 기내식이 제공되었다. 나는 다른 나라의 음식에 전혀 거부감 없이 잘 먹지만 기내식은 영 아니다. 남들이 음식 냄새를 풍기며 먹는 사이 딸아이와 나는 미리 준비해간 떡을 먹었다. 떡을 먹으며 딸아이는 승객 중에 우리만 한국인이라고 했다. 식사를 마친 승객들이 서서히 잠들기 시작한다. 이들을 보니 초조해진다. 나만 잠들지 못하면 긴 시간을 어찌 보내야 할까 하는 두려움이 앞섰다.

그런데 이상한 일이었다. 식사 전까지만 해도 괜찮았는데 식사가 끝난 후부터는 의자에 앉기만 하면 3분도 못 되어 엉덩이와 허벅지가 아프기 시작하는 것이다. 엉덩이를 자리에 붙이고 앉을 수가 없다. 혈액 순환이 안돼서 그런가? 엉덩이를 좌우로 번갈아 움직여보지만 아무런 효과가 없다. 내 앞자리의 젊은 여인은 참 운도 좋다. 의자 세 개를 독차지하는 행운을 누렸으니. 식사가 끝나자마자 아예 드러누워 잠을 청하고 있다. 그런 그녀가 한없이 부럽다. 시간이 지나면서 사람들은 잠 삼매경에 빠져든다. 옆으로 쓰러질 듯 깊은 잠에 빠진 사람, 입을 벌리고 자는 사람 등 모습들이 천태만상이다. 모두 흐물흐물 문어 같다. '이를 어쩐담.' 앞자리 의자 뒤에 붙은 비행경로 모니터를 보니 겨우 제주도 상공을 날고 있다. 목적지 토론토까지는 까마득한데 자리에 앉기만 하면 3분을 못 버티니 아무래도 앉아서 편히 가기는 틀린 것 같다. 일어서면 아프지 않았다. 일어서서 한참을 서성이다가 또다시 모니터를 보니 겨우 일본 북해도 상공, 목적지가 아득하다. 지레 지친다. 이쯤 되니 목적지까지 최대한 아프지 않게 가는 것에 포커스를 맞췄다. 잠에 취한 사람들 사이를 살살 걸어보기도 하고, 맨 뒤에 가서 가벼운 스트레칭도 하며 시간을 보냈다. 긴 시간이 너무나 고통스러웠지만 그러나 시간은 간다.

캐나다 퍼거슨 공항에 도착한 것은 곧 어둠이 내려앉을 것 같은 오후 4시경, 날짜도 모르겠다. 몸은 그야말로 파김치 되어 숙소로 가서 쉰다는 것만으로도 너무 좋았다. 입국장에 들어서니 키와 코가 큰 낯선 서양인들 일색이다. 비로소 이들 나라 깊숙이 들어왔다는 것이 실감 난다.

입국 수속을 마치고 화장실에 들어갔다가 깜짝 놀랐다. 막혀있어야 할 좌우 벽의 맨 아래에서 40센티 정도가 트여 있었다. 옆 칸에 들어오는 사람의 발이 보였다. 아무리 동성끼리 사용하는 곳이라지만 이럴 수가 있나?라는 생각이 들었다. 밖에 나오자마자 난 참았던 웃음을 터트리며 딸아이에게 이야기했다. 딸의 대답은 동성애자들이 많아 발이 네 개 들어오면 신고하라고 트인 걸로 안다고 답했다. 그러고 보면 우리나라랑 별반 다를 게 없다. 요즘 그런 성 소수자들이 결혼을 합법화해달라는 요구로 그 법안이 국회에 계류 중이라는 말을 들었다. 이성을 그리워하는 게 당연지사임에도 동성에게서 이성 감정을 느끼다니, 잘못돼도 한참 잘못된 건 사실이다. 갑자기 그들이 딱하다는 생각이 들었다.

우버(택시)를 콜, 우리는 숙소로 찾아 들어갔다. 외관상 조금 낡았지만 내부는 깨끗이 수리되어 있었다. 그런 중에도 난 딸아이에게 불만 섞인 투로 말했더니 이것도 얼마나 힘겹게 찾은 줄 아느냐고 토로한다. 하긴 한 달 전 예약할 때 중국에 큰 명절이 끼어있어 미국을 여행지로 택한 많은 중국 사람이 미리 방을 예약하는 바람에 찾아도 빈방이 없다고 했다. 그러면서 딸은 다른 나라로 가는 게 어떻겠냐고 물었었다. 내가 이미 정한 미동부를 고집하는 바람에 어쩔 수 없이 에어비앤비를 구한 것이다. 빗방울이 드문드문 떨어지고 날씨가 꽤 쌀쌀했다.

짐 정리를 간단히 마친 우리는 저녁 식사도 할 겸 시내에 나갔다. 먼저 'kimchi'라는 한식당으로 들어갔다. 외국 사람들로 자리가 꽉 찼다. 우리 음식을 이들이 찾는다는 게 신기하다. 자리를 잡고 음식이 나오는 동안 슬쩍 곁눈질로 보니 옆자리에 앉은 외국인 앞에 돌솥 밥이 놓여있다. 양복에 고무신을 신은 격이라고나 할까. 왠지 그 모습이 재미있다. 젓가락 잡는 솜씨가 가관이다. 서툰 솜씨지만 그래도 입으로 음식을 밀어 넣는 게 신기~

토론토에서 제일 크다는 쇼핑몰에 들러 한 바퀴 둘러보며 대강 훑어보는 걸로 아이 쇼핑 끝. 숙소로 가기 위해 밖으로 나와 광장 옆을 지나다 보니 젊은이들이 거리에서 소 공연을 하고 있었다. 악기를 두드리며 움직이는 몸동작이 우리나라 젊은이들과 다를 바 없다. 그러고 보면 세계화가 이루어진 요즘, 젊음을 발산하는 방법 또한 국적이 다르다고 다를 까닭이 없을 터. 9월 말인데 북반구의 날씨는 꽤 쌀쌀했다. 이곳에서 구경하는 사람들의 옷차림은 물론, 거리엔 벌써 패딩이 나왔다. 모직 코트를 입고 모직 머플러를 두른 젊은 여인들이 종종걸음으로 지나간다. 따뜻한 옷이 생각나는 밤이었다.

숙소에 돌아와 살짝 잠이 들었다가 깼다. 시간을 보니 새벽 2시가 조금 넘었다. 잠이 깬 것은 똑, 똑, 떨어지는 낙수 소리 때문. 걱정되는지 역시 잠에서 깬 딸이 물었다. 빗방울 소리 맞느냐고. 예정대로 움직여야 하는데 비가 오면 참 난감하기 때문이다. 나 역시 조바심이 들었지만 아직 이른 새벽이니 날이 들 거라며 딸아이를 안심시키고 잠이 들었다. 피곤에 찌들었는데도 뜬잠이었다.

나이아가라 폭포

토론토에서의 여행 이틀째, 이른 아침이다. 오늘 일정을 소화하기 위해 일찍 일어났다. 서둘러 준비하고 7시로 예약된 메가 버스(대형 버스)를 타기 위해 숙소를 나섰다. 오늘 여행지는 나이아가라 폭포다. 유비무환이랄까. 비는 제법 굵게 내리고 있었지만 짐을 꾸릴 때 다행히 3단 우산 하나를 챙겨왔기에 요긴했다. 그곳까지의 예상 운행 시간은 1시간 40분이라고 했다. 거리를 생각하면 그쪽은 맑을 수도 있겠다는 기대를 했다.

버스는 정시에 출발했다. 모습처럼 언어도 제각각인 다양한 인종들과 같은 버스를 타고 함께 떠나는 여행, 갑자기 삶이 재미있다는 생각이 든다. 고개를 돌려 차창 밖을 본다. 그런데 이상한 것은 가고 또 가도 산이 보이지 않는 것이다. 공원처럼 야트막한 평지만 눈에 들어올 뿐, 목적지까지 가는 내내 그랬다. 해서 고개를 갸웃했는데…. 아, 아니다. 언젠가 아들한테 얼핏 들었던 이야기가 비집었다.

캐나다인들은 삼림에서 나오는 목재 수출로 먹고산다는. 이 광활한 땅을 다 보지도 않고 극히 일부분만 보고 판단한다는 것은 어불성설이라는 생각을 했다. 내가 보지 못한 이 땅 어디쯤엔가는 나무들로 빼곡한 울창한 산이 있을 것이고, 또 어딘가에는 높디높은 그 유명한 로키산맥이 버티고 있을 거라는 생각을 했다. 가는 중에 비는 그치고 회색빛 하늘이 드러났다. 이역만리에서 온 귀한 손님인데 맑은 얼굴을 보여주면 좀 좋으련만….

종착역에 도착 후 차에서 내리니 딸아이랑 대화 나누는 것을 들었는지 젊은 한국인 부부가 다가왔다. 외국에 와서도 최대한 알뜰하게~. 폭포까지 택시비가 14달러란다. 함께 타고 가자며 택시비는 더치페이하자고 제안을 한다. 재미있다. 목적지까지 대화를 나누며 함께 갔다.

택시에서 내리니 물 쏟아지는 소리가 요란하다. 흘깃 바라보니 사진이나 티브이에서 봤던 나이아가라 폭포가 눈에 들어온다. 무섭게 내리지르는 물줄기가 웅장하고 장엄하다. 그리고 경이롭다. 마르지 않는 샘처럼 연중무휴인 저 물은 어디서 흘러들어오는 걸까. 함께 택시를 탔던 부부 중 남편 되는 사람은 저 물줄기 너머에는 바다같이 어마어마한 크기의 호수가 있다고 했다. 그곳에서 흘러온 물은 폭포를 거쳐 대서양으로 흘러간다고 말했다. 무엇에 홀린 것처럼 한참 동안 입을 다물지 못하고 바라보았다. 맑은 날에는 활짝 편 공작새의 아름다운 꼬리처럼 환상적인 무지개도 보여준다는데 오늘 같은 날 이 정도만이라도 감지덕지란 생각을 했다. 남는 것은 사진뿐이란 생각에 우린 셔터를 바쁘게 눌러댔다. 하늘은 금방이라도 펑펑 울어댈 것 같은 회색빛, 간간이 빗방울만 날릴 뿐이었다. 아마도 동방예의지국에서 온 귀한 손님에 대한 배려인가 보다.

강줄기를 경계로 미국과 캐나다인들은 배 가득 관광객을 실어 나르기에 바빴다. 차례를 기다리느라 꼬불꼬불 길게 줄지어 선 맨 끄트머리에 서서 그 광경을 바라보다 보니 슬그머니 속물근성이 발동한다. 내 눈에는 사람을 실어 나르는 게 아니라 돈을 실어 나르는 것으로 착시를 일으켰으니….

드디어 우리 차례가 되어 배에 올랐다. 녹음된 멘트와 뱃머리에 달린 자국 국기를 바람에 휘날리며 폭포 최근접 가까이 다가갔다. 그러고 보니 옷이 젖을 정도로 비가 오는 것도 아닌데 배를 타기 전에 왜 우의를 나눠줬는지 알겠다. 폭포에서 쏟아지는 물이 마찰로 튀어 마치 소나기를 방불케 했다. 안경을 쓰지 않으면 눈을 뜰 수 없을 정도였다. 그야말로 멋진 외국영화의 한 장면 같다는 생각이 들었다. 한 바퀴 돌고 배에서 내리니 그사이 비는 그쳐있었다. 그리고 하늘도 조금 맑아졌다. 다시 숙소로 돌아갈 메가 버스를 타려면 오후 3시까지 정류장에 도착해야만 된다. 시간이 여유로웠다.

우리는 버스가 기다리고 있을 정류장까지 걷기로 했다. 조금 걷다 보니 주택지가 나온다. 한적한 시골이었다. 옹기종기 모여 동네를 이룬 자그마한 집들이 앙증맞다. 그 작은 동네를 둘러싸고 있는 드넓은 푸른 잔디 한쪽에 키 큰 나무들이 줄지어 서 있다. 그림 같다. 어느 외국잡지 화보를 보는 것 같은, 어디에 카메라 렌즈를 고정해도 아름다운 사진 한 장이 나올 듯하다. 나는 사진 속의 주인공이 된 듯 이국의 정취에 흠뻑 취했다. '후드득' 소리에 돌아다보니 자유롭게 나무 위아래를 넘나드는 청설모가 보인다. 평화롭다. 그리고 신기한 것은 곁에 다가가도 도망갈 생각을 안 한다. 왜일까. 우리나라에 들어온 청설모는 큰 죄라도 지은 중죄인처럼 사람만 보면 36계 줄행랑인데…. 그런 걸 보면 아마도 우리나라에 들어온 청설모는 사람들이 자기네들을 미워하는 마음을 궤 뚫었나 보다. 길가에 토끼풀과 민들레, 질경이와 이름 모를 풀들이 군데군데 자생하고 있었다. 멀고 먼 이국에서도 눈에 익은 풀을 볼 수 있다니…. 고향 친구를 만난 것처럼 반가워서 바라보며 살짝 미소로 답한다.

3시에 출발하기로 한 버스는 벌써 와서 시동을 건 채 여행객들을 기다리고 있었다. 많이 피곤했나 보다. 차에 오르자마자 서서히 잠에 빠져든 걸 보면. 숙소로 향하는 내내 버스 안에서 피로를 풀었다. 이곳에서의 일정은 여기까지다.

숙소로 돌아온 후 저녁나절, 난 딸에게 왜 시간이 남아도는데 곧바로 뉴욕으로 가지 않고 하루를 더 묵느냐고 물었다. 고마워해야 하나. 곧바로 뉴욕으로 넘어가도 되는데 엄마가 힘들어할까 봐 다음 날 아침으로 예약했단다. 엄마에 대한 딸의 배려는 고맙지만 갑자기 내가 노인이 된 것 같다는 생각에 씁쓸하다. 나는 속으로 '얘야 엄만 아직 그 정도는 거뜬히 소화해낼 수 있는 체력은 된단다.'

뉴욕으로 넘어오다

이곳 토론토에서의 여행 사흘째, 이른 아침부터 정신없이 바쁘다. 강행군이다. 그리고 점점 밖의 세계에 흥미와 여행의 맛이 느껴진다. 몸은 한없이 피곤하지만 깡으로 며칠만 더 버티자는 생각이다. 7시 55분 비행기라 했다. 짐을 챙긴 우린 뉴욕으로 떠나기 위해 서둘러 밖으로 나왔다. 역시 우버를 콜, 빌리비숍 공항으로 향했다. 참 편리하고 좋은 세상임에는 틀림없다. 우버도 자국에서 미리 예약하고 이용하는 거라 했다. 지구촌이라는 말처럼 요즘엔 각 나라들이 너무나 가깝다는 생각이다. 국경만 있을 뿐이지 모든 걸 교류 할 수 있을 뿐 아니라 세계 구석구석의 이슈를 원터치로 실시간 확인할 수 있는 세상이다. 지금 우리는 더 이상 발전할 수 없을 것 같은 최첨단 과학의 시대를 살아가고 있는 것이다.

자그마한 공항이었다. 안으로 들어서니 낯선 외국인들 일색이다. 아마도 뉴욕으로 출장 가나 보다. 서류 가방을 든 젊은이는 탁자 위에 노트북을 놓고 열심히 자판을 두드리고 있다. 삼삼오오 자리에 앉아 모닝커피를 마시며 담소를 나누는 등, 조용히 아침이 열리고 있었다.

우리가 타고 갈 비행기라며 딸이 창밖을 가리킨다. 창 너머 바로 곁에 붙어있는 경비행기였다. 버스 한 대 반 크기의 작은 비행기가 귀엽기도 하고 왠지 앙증맞다. 본체 양옆에 붙어있는 프로펠러가

서서히 돌아가고 있는 것이 곧 이륙할 준비를 하는 것 같다. 동양인은 우리 둘뿐, 우린 낯선 사람들 틈에 끼어 비행기에 올랐다.

잠시 후 승무원의 안전수칙 설명이 끝나자 서서히 돌던 프로펠러가 정신없이 돌아간다. 얼마나 빠르게 돌아가는지 날개가 보이지 않는다. 서서히 이륙, 난 잠시 엉뚱한 생각에 사로잡혔다. 갑자기 프로펠러를 조인 나사가 풀어지면 어쩌나 하는….

햇빛에 반짝이는 운해를 건너는 중 안내 방송이 들린다. 곧 뉴욕 공항에 착륙할 예정이라는 딸의 전언. 외국어에 먹통인 난 참 답답하다. 방송이 나올 때마다 딸에게 물어야 되니. 게다가 엄마 치마꼬리 놓칠까 봐 징징대는 아이처럼 딸의 모습이 안 보이면 기겁을 한다. 딸은 내 보호자였다. 서서히 하강, 말로만 듣던 뉴욕의 실체가 시나브로 드러난다. 착륙~ 비행시간을 보니 1시간 40분이 경과 되었다. 토론토에서 뉴욕까지의 거리가 인천 공항에서 중국 상해까지의 거리와 비슷했다.

우린 숙소가 있는 맨해튼으로 가기 위해 전철을 탔다. 일단 커다란 캐리어를 숙소에 두고 나오기 위함이었다. 몇 정거장을 지나 전철에서 내린 우리는 출구 한쪽에 서 있었다. 딸은 열심히 어디로 갈지 폰을 들여다보고 있고, 난 출구를 통해 빠져나오는 이방나라 사람들을 신기한 눈으로 바라보고 있었다. 날씨가 꽤 추운데도 어깨가 끈으로 된 한여름 옷을 입은 여인이 있는가 하면, 속이 훤히 비치는 민소매를 입은 사람도 있었다. 어떤 이는 제법 두툼한 니트 카디건을 걸치고 있었다. 천차만별, 난 고개를 갸웃했다. 우리나라 여인들은 날씨가 춥고 덥고를 떠나 계절이 바뀌면 보편적인 차림을 따르는 게 정석인데….

아무튼 퀘스천 마크 하나를 마음에 품고 호텔로 향했다. 우리가 묵을 방은 7층이었다. 화이트로 꾸며진 눈이 부시도록 깨끗한 방이었다. 마음에 들었다. 뉴욕에서 젤 번화가인 맨해튼의 하룻밤 방값은 수십만 원이라고 했다. 한데 우리가 묵을 방은 고작 20만 원, 난 딸에게 그 이유를 물었다. 수도 없이 사이트를 드나들며 비교하고 고른 덕에 잘 만나기도 했지만 침대가 더블 하나이기 때문이라 했다. 밤에 뒤척이느라 딸의 숙면을 방해할까 봐 신경이 쓰였지만 어쩌랴! 불편을 감수하면서라도 하룻밤 숙박료를 아끼는 수밖에.

대충 짐 정리를 끝낸 우리는 밖으로 나왔다. 어디부터 가야 할지 망설이는 중에 딸은 친구네 집부터 방문하자고 한다. 중학교 때부터 친했던 딸의 친구는 국제결혼 해서 뉴욕에 살고 있다. 엄마하고 뉴욕에 간다니까 엄마 모시고 자기 집에 오랬다고, 딸은 어차피 가기로 했으니까 거기부터 가고 싶은 모양이다. 지하철역으로 들어서며 전화를 건다, 가는 중이라고.

그런데 한 가지 궁금증이 발동했다. 아까 전철에서 내려 뉴욕에 첫발을 내디뎠을 때도 고개를 갸웃했는데 전철역이 너무나 낡은 것이다. 벽이나 바닥 모두 때가 꼬질꼬질 끼다 못해 반질반질하다. 뿐만 아니라, 퀘퀘한 냄새가 풍기는 이곳은 쥐의 서식처이기도 했다. 숨어있던 쥐가 고개를 드는 순간 내 눈하고 마주친 것이다. 천장 또한 서양의 키 큰 남자들은 머리가 닿을 것 같이 낮았다. 최신식으로 잘 지어진 깨끗한 우리나라 전철역을 떠올려 보았다. 비교가 안 되는 것이다.

그러나 자세히 알고 나서야 내 생각이 틀렸다는 걸 알았다. 이들은 오두막같이 누추한 지하철에 큰 자부심을 갖고 있다는 것이다. 1878년에 1호선이 개통되었다고 한다. 이곳 지하철의 역사가 100년이 훌쩍 넘은 것이다. 최신식으로 잘 지어졌지만 수십 년뿐이 안된 우리나라의 지하철은 명함도 못 내밀 일이다. 그만큼 이들이 자랑스러워하는 이 나라의 낡은 지하철은 앞선 선진국이란 증표인 것이다. 그 이유를 알고 나서야 고개를 끄덕였다.

문화적 차이

전철에 오르니 빈자리가 없다. 서서 가는 중에 곁의 기둥을 잡고 서 있던 흑인 여인을 흔들리는 차 안에서 중심을 잃고 몇 번인가 살짝 부딪혔다. 그럴 때마다 입에 밴 우리식으로 아이구~ 어마~ 그런 말이 나도 모르게 튀어나왔다. 흑인 여인이 기분이 상했던가 보다. 내리면서 우리를 향해 소리 질렀다. 이어서 딸도 한소리 했다. 뭐라 하더냐고 딸에게 물었더니 빨리 내리라 해서 지금 내리고 있다며 기분 나쁘게 일갈했단다. 딸아이의 얼굴을 보니 기분이 상해 있었다. "엄만 재미있는데 왜 화내느냐"고 웃으며 말했다. 딸의 대답인즉, 저들이 동양인들을 무시한다고 했다. 우리네 성향은 실수로 부딪힌 정도는 별 내색 없이 살짝 웃어만 주면 그만인데….

도중에 갈아타며 여덟 정거장을 가서 내리니 한적한 뉴욕 변방의 주택지에 다다른다. 길 따라 걸으며 떨어지는 낙엽을 보니 이국의 가을 정취가 느껴진다. 또 군데군데 아름드리나무들이 서로 기대고 서 있는 게 오래전에 조성된 주택지라는 느낌이 들었다. 그와 걸맞게 중후한 멋을 풍기는 중년 사내의 모습처럼 세월의 더께가 내려앉은 야트막한 건물들. 아직 평하긴 이른 감이 있지만 같은 뉴욕인데도 맨해튼은 왠지 시끄럽고 바쁘게 돌아가는 도시라면 이곳은 살짝 벗어난 조용한 주택지? 그랬다.

전에도 친구 집에 한 번 다녀간 적이 있다며 앞서 걷던 딸아이는 다다르는 아파트마다 기웃거리더니 어느 한 건물 앞에서 초인종을 누른다. 문고리를 잡고 대기 중이었던 것처럼 총알같이 튀어나오는 딸의 친구, 덩달아 튀어나온 강아지도 꼬리를 흔들며 띵가띵가~ 언제 봤다고 주인 따라 반가워 죽겠단다. 본지 십수 년은 족히 되나 보다. 오랜만의 만남이라서인지 딸아이 친구의 모습에선 세월이 느껴진다. 거실에는 5살박이 딸과 이웃집에서 마실 온 사내아이가 놀고 있었다.

우리는 태국 음식을 주문해서 먹었다. 처음 먹어보는 음식이지만 입에 맞아 맛있게 먹고 거실로 자리를 옮겼다. 한데 난 개 트라우마가 있어서 놈들에 대해서는 관심은커녕, 성향조차 알고 싶지도 않을뿐더러 무조건 배척한다. 이런 내 마음을 알 까닭이 없는 '샘'이라는 애견 녀석은 눈치도 없이 나를 귀찮을 정도로 좋아했다. 품종은 모르겠다. 불독의 얼굴을 닮아 쥐었다 놓은 것처럼 못생긴 얼굴이 매력인 녀석은 늦은 점심 먹는 내내 내 발치에 앉아 있더니 자리에서 일어나 거실로 나갈 때에도 내 뒤만 졸졸 따라오는 것이다. 이젠 난 이 집 딸 에이다와 이웃에서 놀러 온 역시 혼혈인 남자아이 발렌티노에게만 관심 집중인데 귀찮은 녀석이다. 내 곁에 앉아 자신만 사랑해달라고 바라보며 할딱거리는 녀석의 머리를 쓰다듬어 주다가 아이들에게 눈만 돌리면 또다시 내 손을 핥으며 고개를 들고 애절한 표정으로 할딱거린다. '짜식… 난 에이다와 발렌티노에게 관심이 간단 말이야.'

사실 그랬다. 우리랑 전혀 다른 문화권에서 자라고 있는 외국 아이들의 생활이 궁금했다. 발렌티노는 아버지가 이탈리아인이고 엄마는 미국인이라는데 두 나라말은 물론, 에이다랑 같이 놀면서 우리나라 말도 덤으로 익혀 잘한다는 것이다. 에이다 역시 엄마랑은 한국말, 아빠랑은 영어로 대화한다고 했다. 신기했다. 아이가 10살 미만일 땐 뇌의 기능상, 어른과는 달리 외국어를 쉽게 습득할 수 있다는데 그래서일까. 두 아이는 같이 놀면서 서로 재능기부를 하고 있었다.

전부터 외국 사람들이 사는 가정은 우리랑 어떤 다른 점이 있는지 궁금했던 터, 허락도 없이 이 방 저 방을 기웃거린다. 이 집은 100년 된 아파트라 했다. 그 말을 듣고 깜짝 놀랐다. 우리나라라면 최소한 두 번은 족히 재건축했을 기간인데…. 그러고 보니 오는 길에 밖에서 본 느낌뿐 아니라 내부 역시 흰 페인트로 칠은 되어 있었지만 곰보처럼 흠집투성이였다. 세월의 흔적은 가려지지 않았다.

한 달 집세가 250만 원이라는 말에 또 한 번 깜짝 놀랐다. 이웃에서 놀러 온 사내아이와 책을 보며 놀고 있는 에이다, 어린이집에 안 보내느냐는 내 말에 한 달 원비가 600달러나 된다고 했다. 그래서 매주 두 번만 보낸다는 소릴 듣고 미국의 높은 물가를 실감했다. 발렌티노가 에이다에게 말한다. "텔레비전 틀어!" 어느 나라든 아이들은 다 똑같은가 보다. 두 아이는 텔레비전 만화영화에 시선이 꽂혔다. 마음까지도. 딸아이는 오랜만에 만난 친구를 보니 이야기꽃에 시간 가는 줄 모르나 보다. 오면서 딱 1시간만 머물자며 정해놓은 시간을 넘어서고 있었다.

최첨단 도시 맨해튼, 사흘 체험기

아쉬운 작별, 우린 다시 전철을 탔다. 뉴욕의 브루클린 브릿지로 향했다. 다리 이름인데 역사가 무려 130여 년이나 된 뉴욕 시민들이 자랑스러워하는 다리라 했다. 긴긴 세월 동안 건재하다니 자랑스러워할 만하다. 나는 처음 듣는 생소한 다리 이름에 별 관심 없었지만 이곳에 여행 온 사람들이 반드시 들르는 명소라는 딸아이의 꼬드김에 언제 또다시 올까 싶어 응했다. 사진을 찍으며 바라보니 어느 영화에서 본 듯하다.

해가 서산에 걸릴 즈음, 우리는 세계 자본주의 경제 흐름의 본산인 월가(Wall Street)에 도착했다. 증권거래소가 즐비한 때문일까. 왠지 돈 냄새가 진동하는 것 같다. 입구에 돌진하는 황소상이 세워져 있었다. 황소는 부의 상징이라나. 부자가 되고 싶은 마음은 동서고금을 막론하고 매한가지인가 보다. 각 나라 여행객들이 웅성웅성 모여들어 황소 곁에서 사진 찍을 기회를 엿보고 있었다. 이곳에선 질서는 없다. 틈을 보아 얼른 황소상 곁에 다가서면 되는 것. 잠시 기다리던 우리도 잽싸게 황소상 곁에 가서 사진을 찍었다.

그리고 다시 근처에 있는 원 월드트레이드 빌딩으로 발길을 옮겼다. 9·11 테러 당시 세계 무역센터란 이름으로 전 세계를 경악, 충격의 도가니로 몰아넣었던 슬픔의 현장. 그새 새로운 이름, 새로운 모습으로 아픔을 딛고 초고층 빌딩으로 거듭나 있었다. 입구에 들어서니 사고 당시 소개되었듯이 내부가 얼마나 넓은지 끝이 아스라하다. 안에서 돌아다니는 사람들이 개미가 기어 다니는 것 같은 생각이 들 정도로 자그마하다. 숙연한 느낌이었다. 2000여 명의 생명을 앗긴 이곳에서는 차마 소리 내어 웃을 수 없는 공간이란 생각이 들었다. 빌딩 곁에는 9·11 추모관이 세워져 있어 참혹한 그날의 참사를 되새기게 했다.

저녁나절, 호텔로 돌아오면서 잠깐 마트에 들렀다. 간단하게 저녁을 대신할 과일과 샌드위치를 사기 위함이었다. 마트 내의 좁은 길목에 서서 계산대 앞에 선 딸아이를 바라보던 나는 뒤에서 누군가 살짝 건드는 느낌을 받았다. 이어서 자그마하게 소리~ 하며 지나가는 현지인. 계산을 끝낸 딸아이하고 나오는데 또 다른 여인이 길을 터달란 식으로 자그마하게 익스큐즈미~ 하며 지나간다. 고개를 갸웃~

오늘도 피곤에 절은 몸을 이끌고 바쁘게 일정을 소화해내느라 참 수고했다. 호텔을 향해 걷고 있는데 인도에 뭔가가 쭉 뻗어 있어 하마터면 그것에 발이 걸려 넘어질 뻔했다. 고개를 돌리니 걸인이었다. 어둠이 내려앉기 시작하자 일찌감치 길가에 이불을 편 것이다. 생각지도 않은 돌발 상황이었다. 이 잘 사는 나라에 걸인이라니…. 처음엔 우습기도 하고 왠지 쇼한다는 생각을 했다. 서양 사람들을 쉬 접할 기회가 없던 내 의식 속에는 백인 우월의식이 뿌리 깊게 자리했기 때문이다. 그러다가 생각을 바꿔 선진국일수록 빈부 격차가 심할 거라는 생각에 이르렀다.

숙소로 돌아와 우린 간단하게 저녁 요기를 했다. 허기를 채우고 나서 나는 딸에게 말했다. 며칠 지내다 보니 이곳 사람들의 성향을 알 것 같다고, 땡큐와 소리를 즐겨 쓰는 솔직하고 화통한 사람들이라고, 딸은 고개를 끄덕였다. 그랬다. 개인주의에 젖어있을 뿐 아니라 남을 의식하지 않는 자유분방한 사고방식을 지녔다. 지근거리에서 한 이틀 지켜본 바였다.

다시 우리나라 사람들을 생각해 본다. 이와는 반대로 속을 알 수 없는 사람들이란 생각을 했다. 그러고 보니 '열 길 물속은 알아도 한 길 사람 속은 모른다'는 우리나라 속담이 괜히 생긴 게 아니다. 로마에 가면 로마법을 따르랬다고, 난 내일부터 이들에게 귀간지러운 소리 좀 해줘야겠다는 생각을 하며 잠이 들었다.

뉴욕에서의 이튿날, 어젯밤에 숙면을 취했다. 아침에 일어나니 개운하다. 오늘의 일정 중 최대 관심사는 뉴욕의 상징물인 자유의 여신상에 가는 것이다. 그 외 자투리 시간을 활용해서 뉴욕의 모마 현대미술관 관람과 러브 조각상 관광을 계획하고 있다.

우린 어제저녁에 먹고 남은 빵으로 아침 식사를 대신했다. 미국민들이 즐겨 먹는 빵이라는데 맛있었다. 이곳에 한 달만 머물면 살이 토실토실 오를 것 같다.

밤에 잠을 잘 잔 때문인지 밖으로 나오니 기분이 상쾌하다. 우리는 걸었다. 뉴욕의 랜드마크인 LOVE 조각상을 향해서. 걸으며 사방을 둘러보아도 탈출구가 보이지 않는다. 하늘을 보려면 고개를 뒤로 젖혀야만 볼 수 있는, 완전 빌딩 숲에 갇혀버렸다.

거리를 오가는 사람들이 눈에 들어온다. 그러고 보니 언젠가 TV 시사프로 진행자의 말이 생각난다. 우리나라 여성들은 다이어트 할 정도가 아니라고. 그렇다. 며칠 동안 거리를 활보하다 보니 이곳 미국은 한마디로 뚱보의 나라다. 우리나라에선 좀처럼 보기 힘든, 전체적으로 60~70프로는 초고도 비만인 것 같다. 뒤뚱거리며 걷는 모습이 무척 둔해 보인다. 일상생활도 힘들 거라는 생각이 든다. 여자들뿐 아니라 남자들도 자기 몸 하나 건사하기 힘들 정도의 뚱보들을 거리에서 쉽게 볼 수 있었다. 갑자기 저들의 건강상태가 궁금하다.

러브 상에 도착했다. 별로 의미 있는 곳은 아니지만 폰 카메라에 담고 또 담았다. 귀에 익은 우리말이 들려 돌아다보니 우리나라 사람들이다. 반갑다. 국내에서 타지로 출타 중에 고향 사람을 만나면 그리도 반갑던데 외국에서는 그런 개념이 아니었다. 그냥 우리나라 언어만 들어도 이웃 같다는 생각에 마음이 다가간다. 우린 서로 번갈아 사진을 찍어주었다.

그러고 나서 우린 다음 장소를 향해 다시 걸었다. 대부분 관광할 곳이 맨해튼에 밀집해 있었다. 이번에는 가까이에 있는 뉴욕 모마 현대 미술관으로 향했다. 미술에 조예가 깊은 것은 아니지만 전시되어 있는 모든 작품이 원작이라는 말에 조금 마음이 끌렸다. 고흐의 작품 〈별이 빛나는 밤에〉 앞에서 잠시 감상 후, 작품 곁에서서 찰칵! 그리고 고흐의 그림하고는 전혀 다른 느낌인 피카소의 작품 앞에서 잠시 감상하고 밖으로 나왔다.

자유의 여신상을 향하여

이제 가야 할 곳은 자유의 여신상이다. 강물에 둘러싸인 여신상이 세워진 그 섬에 가기 위해서는 배를 타야만 한다. 선착장까지 가는 전철을 탔다. 몇 정거장을 가다가 갈아타기 위해 내려 이동하던 중, 바닥에 떨어진 돈을 보았다. 구겨진 채로 바쁘게 오가는 사람들의 발길에 차여 나뒹굴고 있었다. 딸아이와 눈이 마주치는 순간, 주워도 괜찮다는 사인을 주고받은 나는 얼른 가서 주웠다. 6달러란다. 돈의 많고 적음과 관계없이 외국에 여행 와서 돈을 주웠다는 게 재미있다.

전철을 갈아타고 몇 정거장을 더 가서 우린 내렸다. 저만치 앞에 선착장이 보인다. 여신상이 자리한 리버티섬에 들어가기 위해 길게 줄 서 있는 모습들이 보인다. 배 떠날 시간이 거의 다 된 모양이다. 우린 배를 못 탈까 봐 마음이 급해졌다. 남 의식할 것 없이 뛰었다. 휴~ 겨우 탔다. 한시름 놓고 나니 날씨가 확 풀렸다는 게 느껴진다. 날씨 따라 마음도 화창하다. 여유롭게 내부를 둘러보니 서양 사람들 일색이다. 앉아있거나 서 있는 외국 승객들 속에 끼어있으려니 그들 특유의 냄새가 풍긴다. 역하다.

우린 다시 확 트인 갑판으로 올라갔다. 아래층과는 달리 사방이 시원하게 트였다. 배는 부두에서 점점 멀어지고 여신상을 향해 다가가고 있었다. 어느 나라 사람인지 모르겠다. 붉은 티를 입고 내 앞자리에 앉아있던 서양 아저씨는 기분이 업 되나 보다. 뒤를 돌아보며 나를 향해 쌸라 쌸라~ 답답하다. 답변은커녕 조금도 알아들을 수조차 없으니…. 아니, 알아들을 수 있는 단어가 딱 하나 있었다. 재패니즈란 단 한마디였다. 아마도 나를 일본 여인일 거라 생각하나 보다. 나는 급히 몇 발짝 떨어진 곳에서 밖을 바라보고 서 있는 딸아이를 불렀다. 두 사람은 막힘없이 대화를 주고받았다. 곁에서 지켜보고 있노라니 신기하고 부럽다. 아니나 다를까, 일본에서 왔느냐고 묻더란다. 그래서 사우스 코리안이라 답했다고. 나는 그 말에, 왜 일본만? 곁의 대한민국 국민일 거란 생각은 왜 못하나? 난 섭섭한 마음에 다시 생각했다. 핵무기로 무장하고 그 무기로 으름장을 놓으며 세계를 공포에 떨게 하는 김정은을 왜 모르느냐고 묻고 싶었다.

그러는 사이 아득히 보이던 여신상의 실체가 점점 가까워 왔다. 서서히 선명하게 모습을 드러낸 여신상. 영국의 지배로부터 벗어난 미국에 독립 100주년 기념으로 1886년 프랑스가 기증한 거라 했다. 높이가 무려 46미터나 되었다. 내 생각엔 비록 미국령에 서 있지만 여신상이 품고 있는 참뜻은 세계의 자유와 평등과 번영을 뜻하는 것이 아닐까 생각해 봤다. 그리고 횃불을 높이 들고 서 있는 모습은 지근거리에서 뉴욕을 지켜주는 것 같다는 생각을 나름 해봤다.

갑판에 서서 여신상을 바라보던 우린 그 모습을 배경 삼아 카메라에 담기 바빴다. 아니 여신상뿐 아니라 하늘을 향해 우뚝 솟은 곁의 마천루도 함께….

허드슨 강어귀에 있는 자유의 여신상이 자리한 리버티섬에 도착했다. 역시 세월이 흘러도 사진뿐이 남는 게 없다. 우린 다른 나라 사람들하고 서로 번갈아 사진 찍어주기에 바빴다. 수 없이 찍은 내 사진 속에는 국적도, 이름도 모르는 낯선 얼굴들이 많이 들어와 있다. 역시 그들 사진 속에도 내 모습이 담겨있으리라.

오후 3시경, 섬에서 빠져나오니 거리에 땅콩 간식을 파는 장사가 보인다. 우리나라 길거리에서도 흔히 볼 수 있는 리어카 장사다. 물어보니 한 홉이 3,000원이란다. 카드는 안 된다 하고, 생각 끝에 전철역에서 주운 돈을 쓰기로 했다. 섬에 배 타고 들어갈 때

물 사느라 3,800원을 쓰고 나니 남은 돈이 모자랐다. 안 된다는 것 겨우 사정해서 2,000원어치를 사 들고 먹으며 걷다 보니 즐겁다. 아이가 따로 없다. 간식은 간식일 뿐 걷다 보니 배가 고프다. 그러고 보니 점심도 건너뛴 채 오후 3시가 다 되어가고 있었다. 실은 딸하고 미리 약속은 되어있었다. 점심을 먹고 섬에 들어가면 오늘 나오는 배편이 없다고 일찍 들어갔다가 여신상을 보고 나온 다음 늦은 점심 먹기로.

딸아이는 베트남 쌀국수가 먹고 싶다고 했다. 식당을 찾아가는 길목 건너 큰길가에 명문대인 뉴욕대가 보인다. 외형으로 볼 때 우리나라 대학이랑 다르다는 느낌이 들었다. 우리나라 대학은 드넓은 캠퍼스가 먼저 눈에 들어오는데 저곳은 붉은 건물만 눈에 들어오는 게 답답하고 삭막해 보였다. 내가 모르는 부분이 있는진 모르지만 학문만 연구하고 공부하는 곳 같다는 생각을 했다.

조금 걷다 보니 식당이 나온다. 시장이 반찬이라고, 배가 고프다 보니 나오는 음식이 모두 맛있다. 종일 얼마나 많이 걸었는지 식사를 마치고 일어서려는데 발바닥을 디딜 수 없을 정도로 너무 아프다. 더 걷는다는 건 무리인 것 같은데 딸은 오늘 일정을 마저 소화해야 한다고 놔 주질 않는다. 엄마에게 한 군데라도 더 보여 주고 싶어서라며 타임스스퀘어를 향해 앞장선다. 그런 딸이 원망스러워 뒤따라가면서 투덜거렸지만 이제 나는 딸에게 고삐 잡혀 끌려가는 소 신세.

가는 길목에 병원이 보인다. 딸은 생각난 듯 잠깐 병원에 다녀와야겠다며 들어간다. 이번 여행 준비과정부터 신경 쓰다 보니 출발 전부터 눈 다래끼가 난 것이다. 출발할 때 보니 붉게 번져 있던

데 가라앉지 않고 더 심해진 것이다. 끝부분이 발그레하니 부풀어 오를 대로 오른 게 꼭 맛있게 익은 과일 같다고나 할까. 그런 눈이 여간 신경 쓰이는 게 아닌 모양이다. 미국은 마트에서도 약을 쉽게 구할 수 있기 때문에 사서 바르기도 했지만 나아지지 않았다. 사진을 찍어도 붉게 표시가 나는 바람에 선글라스를 써야지만 감출 수 있었다.

병원에 들어간 딸이 생각보다 일찍 나온다. 웃느라 자지러진다. 그러면서 하는 말이 치료비가 135,000원이란다. 그래서 두말없이 나왔다며 웃어 죽겠단다. 그러고 보니 이 나라는 의료보험 적용이 극히 제한적이라서 이민 간 사람들도 오랜만에 고국을 찾게 되면 온몸 구석구석 종합검진하고 돌아간다는 말을 들었다. 의료기관 문턱이 이리도 높을 줄이야. 그러고 보면 우리나라가 참 살기 좋은 나라다.

전철을 잘못 탔다. 내려서 다시 밖으로 나와 아픈 다리를 이끌고 다른 전철역을 찾아 한참을 걷다 보니 짜증이 난다. 그런 중에도 웃음을 선사하는 광경이 있었으니…. 웃지 않을 수 없는 모습이 눈에 들어왔다.

바로 여장을 한 게이를 본 것이다. 예쁘게 치장한 것까지는 좋다. 그러면 행동도 여인처럼 조신하게 할 일이지 인도에 놓여있는 긴 의자에 벌러덩 널브러져 자고 있는 모양새가 영 아니다. 곁을 지나치며 힐끔 바라보니 치마 아래 그물망 스타킹을 신은 종아리 다리 근육이 제법 불끈 튀어나왔다. 저 사람들은 주기적으로 여성 호르몬을 맞는다는데 아직 약발이 덜 올랐나 보다. 웃음이 절로 새어 나온다. 나는 딸에게 이상한 사람이라고 말하며 소리 없이 웃었다. 조금 벗어나 자그마하게 '게이?'라고 물었더니 검지를 입에 대고 쉿! 하며 그런 말 하면 쫓아온다고 주의를 준다.

성 정체성에 혼란을 겪는 건 이곳만의 이야기는 아니다. 요즘 우리나라에도 그런 사람들이 좀 있는 줄로 안다. 사기의 성을 부정하다니 생각하면 참 안타까운 일이다. 신에게 정면 도전하는 것이란 생각도 들었다. 자기 마음이지만 마음대로 안 되는 걸 어쩌랴. 그런 걸 보면 세상은 참 요지경 속이다. 재미나기도 하고 한편으론 드라마나 무슨 코미디 같기도 하다.

타임스스퀘어에 다다랐을 무렵엔 이미 땅거미가 내려앉고 있었다. 넓은 광장이었다. 휴일도 아닌데 많은 사람이 모여들었다. 물론 관광객이 대부분일 거라는 생각이지만 이곳 사람들은 즐기는 문화에 길들여진 것 같다는 생각이 들었다. 한 바퀴 둘러보니 전 세계의 내로라하는 회사 광고 전광판이 사방에서 번쩍번쩍~ 그중 눈에 익은 글자가 사금처럼 반짝이며 내 눈에 띄었으니, 바로 SAMSUNG이었다. "아! 대한민국" 나도 모르게 작은 소리가 입술을 비집고 흘러나왔다. 가슴이 뭉클하고 뿌듯했다. 그리고 자랑스러웠다. 대한민국이 작은 거인 같다는 생각을 했다.

숙소로 오는 길, 마트에 들러 사 온 과일과 빵으로 간단하게 저녁을 해결한 우리는 하루를 정리하고 일찍 잠자리에 들었다. 종일 강행군이어서 꿀잠 잘 줄 알았는데 씻고 누웠지만 잠이 들지 않는 것이다. 내 딴에는 살짝 돌아누웠다 생각했는데 이불의 작은 움직임이 딸아이의 신경을 건드렸나 보다. 뒤척인다. 몇 차례를 뒤척이다가 신경질을 낸다. 그러다가 자정을 넘기고 나니 아예 폰을 집어 든다. 잠을 포기한 것이다. 이럴 땐 엄마로서 미안하다.

신사의 도시, 워싱턴 DC

뉴욕에서의 사흘째, 생체 시계가 단단히 고장 난 모양이다. 우리는 밤새 뜬눈으로 지새웠다. 그 탓에 몸은 한없이 무거웠지만 오늘은 워싱턴에 가는 날이어서 새벽 4시에 일어났다. 그곳엘 가려면 메가 버스를 타야 하는데 5시 출발이라 했다. 우리는 미리 예약된 버스를 타기 위해 이른 새벽에 밖으로 나왔다.

버스가 기다릴 그곳을 향해 걸으며 고개를 드니 맨해튼의 고층 아파트에는 드문드문 불이 켜져 있었다. '저런 고급 아파트에는 어떤 사람들이 살고 있을까. 또 저 아파트 한 채는 얼마나 할까.' 생뚱맞은 생각을 하며 앞서 걷고 있는 딸아이의 뒤를 쫓아 걸었다. 조금 걷다 보니 인적이 드문 벌판이 나왔다. 가로등이 밝지 않아 조금 무서운 생각이 들었다. 숙소를 나와 20여 분을 걷고서야 멀리 어스름 속에 기다리고 있는 우리를 태우고 갈 버스가 보인다. 불빛이 보이는 출입문 앞에 몇몇 사람이 웅성거린다. 역시 우리처럼 그 버스를 타기 위해 검은 그림자들이 소리 없이 사방에서 모여들었다.

버스는 정시에 출발했다. 워싱턴까지는 직통 4시간 소요라 했다. 서서히 여명이 밝아오고 있었다. 원래 버스를 타면 쉽게 잠드는 버릇이 있기에 어젯밤 못 잔 잠을 만회할 생각이었는데 아니나 다를까 서서히 눈꺼풀이 내려앉는다.

아침 출근길이라서인가 보다. 길이 막혀 4시간 반이 걸려서야 워싱턴의 유니언 터미널에 도착했다. 유니언 터미널은 워싱턴에서 가장 큰 터미널이라 했다. 소요된 시간을 따져 보니 우리나라 맨 아래 남도에서 민통선까지의 거리와 비슷할 것 같다. 생각이 거기에 미치자 우리나라가 갑자기 무척 작은 나라라는 게 실감 난다.

이제부터는 모두 각자 행동이다. 그리고 오후 7시까지 이곳에 도착해서 숙소가 있는 맨해튼으로 다시 돌아가는 것이다. 금강산도 식후경이라고, 우린 식당으로 들어갔다. 햄버거를 시켰다. 미국에서 알아주는 브랜드 쉑쉑버거라 했다. 맛있었다. 양이 많았지만 든든히 먹어두었다.

우리의 길잡이는 폰의 구글 맵, 계속 걸었다. 날이 제법 덥다. 땀이 난다. 터미널에서 물 한 병을 사 오기 망정이지 갈증에 허덕일 뻔했다. 중간에 딸아이가 보고 싶다는 곳에 들렀다. 항공 우주에 관한 기념관이라는데 잘은 모르겠다. 난 그쪽에 관심이 없어 딸이 둘러보고 올 때까지 의자에 앉아 기다리기로 했다. 조금 앉아 기다리다 보니 지루했다. 일어나 가까이에 전시되어 있는 진열품 곁으로 다가가 보니 운석이다. 별똥별, 신기하다. 조금 망가진 우주선도 전시되어 있었다. 우주선은 생각보다 작다는 느낌이 들었다.

다시 의자에 앉아 기다리고 있는데 70쯤 되어 보이는 동양인 아주머니가 내 옆자리에 앉는다. 잠시 아이폰을 꺼내 들여다보더니 나한테 말을 건다. 내 모습이 중국 사람 같지는 않은가 보다. 재패니즈? 코리안? 나는 코리안이라 답했다. 이어서 차이니즈? 하고 물으니 고개를 끄덕인다. 적극적으로 말을 걸려고 나를 향해 돌아

앉는 아주머니에게 웃으며 나는 손사래를 쳤다.

한참 기다리니 관람을 마쳤는지 딸이 다가온다. 곁의 아주머니를 가리키며 엄마가 어학 실력이 꽝이어서 대화 단절이라 말했더니 딸은 또 유창하게 중국어로 말을 건넨다. 둘의 대화는 화기애애~ 딸은 아주머니를 향해 허리를 굽혀 눈 다래끼가 난 눈을 가리키고 보여주며 대화를 잇는다. 대화가 끝난 딸은 예쁘다는 말을 들었다며 좋아한다. 그러고 보니 여행 여러 날이 지났지만 우리 딸만 한 미모는 보지 못했다. 아마도 난 고슴도치 사랑을 하고 있나 보다.

우리는 보헤미안이 되어 다시 정처 없이 길을 걷는다. 집도 가족도 가슴 속에 잠재우고, 영혼도 몸도 자유롭다. 몸은 한없이 피곤하지만 관성에 의해 마냥 걷는다.

그런데 생각 없이 걷다 보니 워싱턴은 참 조용한 도시란 생각이 든다. 하늘이 확 트인 게 건물도 다 10층 미만인 것 같다. 알고 보니 워싱턴은 어디든 고도제한 지역이란다.

대로변의 아름드리나무 곁을 스치며 조깅을 하는 젊은 남녀가 보인다. 왠지 평화롭다. 워싱턴은 젊음의 열정이 느껴지는 뉴욕과는 달리, 조용한 신사의 도시란 느낌이 들었다. 언어와 어느 정도의 여건이 허락된다면 정 붙이고 살 수 있을 듯하다.

우린 스타벅스에 가서 잠시 쉬기로 했다. 커피로 피로를 쫓기 위해서. 홀 밖의 도로 가에 간이 의자와 탁자가 마련되어 있었다. 딸아이는 커피를 사러 홀 안으로 들어가고 나는 자리를 잡았다. 곁에 앉아 있는 중년의 신사가 무얼 먹고 있다. 곁눈질로 훔쳐보니 자유의 여신상 갈 때도 길가에서 고개를 박고 무언가 먹던, 아하! 이제야 알겠다. 샐러드였다. 한데 중년의 사내가 길가의 탁자에 홀로 앉아 큰 그릇 하나를 달랑 들고 먹고 있다니 참 이해가 안 가는 문화다. 우리네 정서상 아름답지 못한 그림이라는 생각이 들었다.

한참을 기다리니 딸이 커피를 들고 나왔다. 얼마나 피곤한지 그 사이 수없이 졸았다. 정신을 차리면 이내 고개가 떨어지고…. 한참 동안 커피를 마시며 앉아서 쉬었다. 우린 다시 일어섰다.

그리고 걸었다, 백악관을 향해서. 걷는 중 우리 앞에 먼저 나타난 것은 국회의사당이었다. 티브이나 사진에서 봤던 새하얀 대리석 건물이었다. 규모가 엄청나게 컸다. 드넓은 마당은 여행객들에게 개방되어 있었다. 대국의 살림살이를 도맡아 하는 이곳은 여행객들의 관심 사기에 충분했다. 이곳저곳에서 셔터 누르는 소리가 요란하다. 나는 드넓은 건물 앞에 서서 그 규모에 감탄하며 바라보던 중, 오래전 TV에서 소개되었던 재미교포 2세가 떠올랐다. 자랑스러운 한국인 미 하원의원이었다. 오래되어 이름도, 얼굴도 기억나진 않지만 그가 저 큰 집에 입성해서 이 큰 나라 살림을 이끌어가는 선두주자 대열의 일원이었다니 뿌듯했다.

우리가 들어온 문은 후문이었다. 정문으로 나오다 보니 그리 넓지 않은 한쪽에 푸른 잔디가 깔려있다. 잔디 위의 하얀 집과 그 위의 푸른 하늘에 두둥실 떠 있는 흰 뭉게구름이 한 편의 그림 같다. 생동감 넘치는 배경 속에 피사체를 밀어 넣는다. 잠시 카메라 셔터가 바빠졌다.

세계의 심장부, 백악관에 가다

그리고 다시 발길을 옮긴다. 백악관은 그리 멀지 않은 곳에 있었다. 우리가 당도한 곳은 후문이었고 3중 바리케이드가 설치되어 있었다. 역시 푸른 잔디가 깔려있는 하얀 집이 그림 같다. 힘차게 솟구치다가 하얗게 부서져 내리는 분수가 생동감이 느껴진다. 아! 깜빡 잊은 게 있다. 미국은 총기 소지가 자유로운 나라라는 것. 겁 없이 길가의 3중으로 쳐진 세 번째 바리케이드에 팔을 얹고 사진을 찍다 보니 훤칠한 미 경비병이 권총을 손에 쥔 채 바라보고 서 있는 게 아닌가. 자세히 보니 방아쇠에 검지가 얹어져 있다. 왠지 아찔하다.

다시 정문으로 향했다. 모퉁이를 돌아서는데 젊은 여인이 담 밑에 앉아 그릇에 고개를 박고 먹는 데에 정신이 팔려있다. 우리나라 같으면 걸인한테서나 볼 수 있는 일. 남자들은 스타일 구긴다고 질겁할 일이다. 이 또한 문화 차이란 것을 알았다. 후문에서 정문까지 가는데 이 큰 집은 반 바퀴 도는데도 꽤 시간이 걸렸다.

정문에서 바라보이는 새하얀 집 백악관, 후문에서는 본 건물이 가까웠는데 정문에서는 꽤 거리가 느껴진다. 저곳이 세계의 정치, 경제를 쥐락펴락하는 미 대통령이 사는 궁이라니 감개가 무량하다. 백악관을 배경으로 사진을 찍고 또 찍었다. 그리고 눈을 통해 마음에 담았다.

그러는 중에 이곳에서 또다시 한국인들을 만났다. 우리말만 들어도 반갑다. 단체 관광이었다. 작은 깃발을 높이든 가이드가 사진 찍느라 분주한 이들을 부른다. 시끌벅적하던 사람들이 떠난 후, 한참을 머물던 우리도 발길을 돌렸다.

기념품 가게에 들르니 역대 대통령들의 피규어가 진열되어 있다. 나는 망설임 없이 오바마 대통령을 선택했다. 포장해 준 흑인 여점원, 기분이 좋았으리라.

다시 숙소가 있는 맨해튼으로 가기 위해 터미널로 돌아갈 때도 우린 걸었다. 약 1시간 정도 걸렸다. 이곳에 올 때와는 달리, 갈 때는 2층 버스였다. 자리에 앉아 창밖의 야경을 바라보며 나는 속으로 '워싱턴 안녕'을 외쳤다. 가보지 못한 나라도 많은데 또다시 찾을 기회가 있을 것 같지 않아 몹시 아쉬웠다.

긴 시간을 달려 맨해튼에 도착하니 밤 11시 30분을 넘어서고 있었다. 우린 한없이 피곤했지만 곧바로 잠자리에 들지 않았다. 내일은 늦게 일어나도 되기 때문이다. 오전 11시에 객실 청소라 했다. 그 시간까지만 비워주면 되기 때문에 여유 작작, 침대에 누워 낮에 찍은 사진을 보며 시간을 보냈다. 여행 마지막 날인 내일은 센트럴파크 공원에 가는 것과 저녁때 록펠러센터의 야경이 기다리고 있다. 오후 내내 공원에서 시간을 보내다가 저녁 무렵 록펠러 빌딩 전망대인 탑 오브더락에 올라가 맨해튼의 야경 감상만 하면 이곳에서의 모든 일정은 끝난다.

방대한 인공공원, 센트럴파크

뉴욕에서의 나흘째, 날이 밝았다. 아침에 눈을 뜨니 여덟시였다. 역시 잠을 잘 자고 나니 개운하다. 우린 이불 속에서 느긋하게 여유를 부렸다. 오전 10시가 다 되어서야 자리를 털고 일어났다. 흐트러진 방과 짐 정리를 끝낸 후 캐리어를 맡기고 우리는 아침 겸 점심을 먹기 위해 밖으로 나왔다.

한식을 먹기로 했다. 뉴욕의 한인 거리로 들어섰다. 대부분이 한국어 간판 일색, 식당에 들어서자 후각을 자극하는 익숙한 우리 음식 냄새. 우린 된장찌개를 시켰다. 오징어채, 미역 나물, 김치 등등, 역시 우리 입맛에는 신토불이가 최고!

맛있게 먹고 나오려는데 계산대에 선 딸의 계산이 지체되었다. 아르바이트생인지 직원인지는 알 수 없지만 카운터에 앉아 있는 한국인 아가씨와 작은 트러블이 있었나보다. 계산을 마치고 밖으로 나온 딸아이는 말했다. 미국은 팁 문화가 정착돼 있어서 반드시 팁도 계산해야 하는데 전에 팁을 카드로 결제했더니 석 달이나 계속 빠져나갔다고 했다. 해서 현금으로 주겠다고 하니 웬일인지 그 직원은 카드결제를 원하는 바람에 실랑이를 하느라 늦어졌다고 했다. 결국, 현금을 주고 나왔다며 같은 한국인한테 왜 까탈 피우는지 모르겠다고 불쾌해했다.

우리는 센트럴파크 공원을 향해 천천히 걸었다. 입구에 도착하니 인력거가 줄지어 있다. 카드는 안 된다고 했다. 흥정하던 딸은 현금이 모자란다며 아쉽지만 가까운 곳만 걷자고 한다. 곁에서 지켜보던 나는 어안이 벙벙, 난데없는 인력거라니? 공원이란 걸어 다녀도 족히 다 돌아볼 수 있는 크기인데? 나는 의아했다.

자세히 알고 보니 이곳은 내가 아는 공원 개념이 아니었다. 미국인, 이들은 훗날을 내다보는 안목이 대단했다. 당시 영국으로부터의 지배에서 벗어난 미국은 먼 미래를 내다본 것이다. 그리고 지금으로부터 130여 년 전에 영국의 센트럴파크 공원을 벤치마킹한 것이다. 직경이 4킬로미터, 폭이 1킬로미터나 되는 방대한 인공숲이었다. '아! 맞아. 바로 저거야.'

토론토에서 뉴욕으로 넘어와 한 이틀 지나고 나서였다. 잠시지만 보고 느낀 바로 이곳에 대한 나만의 생각이 정립되었다. 일찍이 맨해튼을 품고 세계적인 명품 도시로 자리매김한 뉴욕. 최정점에 이른 문명의 혜택 속에서 최고의 수혜자로 살아가는 이곳 시민들이지만 그만큼 정신세계는 피폐해져 있을 거라는 생각이 들었다. 왠지 도시 전체가 안정감이 느껴지지 않을 뿐 아니라 술 취한 것 같다는 생각이 들 정도로 어수선한 느낌이었다. 거기에는 도심을 가로지르는 전철의 소음이 한몫했다. 이곳의 전철은 80 프로가 지상으로 다닌다는데 방음이 전혀 안 돼있다고 했다. 그래서 전철이 지날 때마다 잘 열리지 않는 문을 강제로 여닫는 듯한 고막을 째는 금속의 불협화음이 수시로 도시 전체를 뒤흔들었다. 정신 못 차릴 정도로 급박하게 돌아가는 도시란 느낌이었다. 아무리 편리해도 문명의 이기 속에만 갇혀 살 수는 없는 일. 즉, 인간은 바로 자연의 일부분이란 생각에서이다. 이들에게 있어 이 공원은 피곤

하고 상처 난 마음을 힐링해서 다시 일상으로 복귀하여 살아가는 그 이상인 곳이었다. 이곳은 뉴요커들에겐 오아시스나 다름없는 필수 불가결한 곳인 것이었다.

울창한 숲길을 걷다 보니 길과 길이 만나고 때로는 낮은 언덕이 버티고 서 있다. 안에 배를 탈 수 있는 곳도 있었다. 데이트 코스로도 만점, 어느 길로 들어서도 아름답다. 고개를 드니 하늘을 찌를 듯한 드높은 빌딩들이 아래를 내려다보고 있다. 자연과 인간이 만든 문명의 절묘한 조화란 생각이 든다. 길목에 놓인 벤치에 앉는다. 아름드리나무들이 서로 사이좋게 어우러져 기대고 서 있다. 인위적이지 않은 자연 그대로의 풍광에 마음이 편안하다. 며칠 동안 이곳에 노출된 내 영혼도 치유되는 것 같다는 생각이 들었다.

공원을 빠져나오는 길목에서 끝이 아스라한 드넓은 잔디밭을 보았다. 그 거대한 잔디밭 한쪽에서 편을 갈라 배구 하는 젊은이들이 보인다. 군데군데 아이, 어른 할 것 없이 무리 지어 앉아 일광욕을 하며 자연을 즐기는 모습들이 평화로워 보인다. 이들은 지치고 상한 마음을 그렇게 치유하고 있었다.

록펠러 센터 전망대에서 내려다본 맨해튼의 야경

시간이 오후 5시를 넘어서고 있었다. 우리는 맨해튼 시가지를 조망하기 위해 록펠러 센터로 향했다. 가는 중에 갑자기 소나기가 쏟아진다. 여러 날 잘 참아주더니 웬 심술? 무방비 상태인 우리는 비를 맞으며 뛰었다. 갑작스레 쏟아지는 비를 피해 사람들이 건물 처마 밑에서 비가 그치기를 기다린다. 빌딩 입구에 도착하니 각국의 여행객들이 속속 모여든다. 엘리베이터를 탔다. 오르는 중에 위에서 멘트가 들려 고개를 드니 천장에 영상이 뜬다. 왠지 으스스한 외국영화를 보는 느낌이다. 스릴도 느껴졌다.

엘리베이터를 갈아타기 위해 빌딩 중간에서 내려 다시 줄을 섰다. 둘러보니 드넓은 내부가 무채색의 모노 톤으로 꾸며져 있다. 세련돼 보이면서도 왠지 위압감 같은 무게감이 느껴진다. 다시 엘리베이터를 타고 전망대에 다다랐다. 전망대까지 총 70층의 빌딩이었다. 문을 열고 밖으로 나가니 사방이 통유리로 둘러싸여 있다. 유리에는 잠시 전 소낙비 내린 걸 반증이라도 하듯 땀방울처럼 빗방울이 송골송골 맺혀 있었다. 비는 그쳤지만 조금 흐린 날씨라 아쉬웠다.

록펠러 전망대인 탑 오브 더락에서 바라다본 맨해튼의 빌딩 숲, 그야말로 인간이 쌓아 올린 바벨탑이었다. 다민족 국가에 어디로 튈지 모르는 럭비공처럼 개성이 톡, 톡, 튀는 이들의 성향과는 달리 일사불란하게 순항하는 미 합중국호. 방향키를 잡고 한곳을 바라보며 가는 미 국민이 과연 위대하다는 생각이 들었다.

어둠이 내리기 시작하자 시가지가 일제히 불빛을 내뿜는다. 출신국은 달라도 느낌은 하나. 지구촌의 구석구석에서 모여든 많은 사람이 그 아름다움에 매료되어 탄성을 내지른다. 난데없는 작은 함성과 박수 소리에 고개를 돌리니 딥 키스를 하는 젊은 연인, 황홀함에 취했나 보다. 아름답다. 여전히 하늘을 찌를 듯한 위용을 자랑하는 엠파이어스테이트 빌딩의 뾰족한 꼭대기가 붉게 물들었다. 아! 위대한 아메리카여~ 장관(壯觀)을 이룬 마천루의 야경은 이번 여행의 하이라이트였다.

공항으로 가기 위해 전철을 탔다. 우연히 이번에도 흑인 여인 곁에 서게 되었다. 며칠 전 흑인 여인하고 부딪혔던 그 광경이 재현될 조짐이다. 만약 또다시 부딪힌다면 이들이 좋아하는 말을 해주리라. 아니나 다를까, 기어이 흔들리는 차 안에서 살짝 부딪혔다. 여인이 뒤돌아본다. 급히 "소리"란 말이 튀어나왔다. 하얀 이를 드러내고 웃으며 고개를 돌린다.

뉴욕 JFK 공항에 도착하니 많은 여행객이 게이트에 모여 있다. 다들 여행에 지친 듯 피곤에 절어 보인다. 우리가 탈 비행기는 새벽 1시 50분 이륙이라 했다. 비행기는 정시에 이륙했다. 육중한 동체가 어둠을 가르며 하늘 높이 날아오른다. 지루하고 긴 비행이 시작되었다. 무수한 시간 동안 밤하늘을 헤집다가 이른 아침 인천 공항에 착륙 후 밖으로 나오니 갑자기 우리나라가 너무너무 좁다는 생각에 답답하다는 느낌마저 들었다.

여행 후기

이번 여행을 정리해본다. 떠나기 전의 마음처럼 내가 미국에 대해 잘 알고 있다는 생각은 수박 겉핥기였다. 최 근거리에서 그들을 보고 부딪히며 느낀 점은 그들은 무척 자유분방하다는 것이다. 또한, 냉정하리만치 자기중심적이고 남을 의식하지 않는 사람들이란 것도 알았다. 우리처럼 속내를 내보이지 않고 돌려 말하기보다는 직설적으로 솔직하게 자기의 감정을 표현하는 사람들이었다. 또 한 가지, 오랜 세월 재건축 없이도 건재한 그곳의 건축물들을 보며 놀랍다는 생각을 했다. 다민족국가인데다 개인주의에 젖어 도저히 융합할 수 없을 것 같은 그들에게 그런 저력은 어디서 나오는 걸까. 그들의 건실한 국민성을 알 수 있었다.

그동안 나는 외국 여행에 무관심이었다. 그런 내가 이번 여행을 통해 적극적으로 돌아서게 된 것은 그들 가까이 밀착해서 그들의 성향을 파악할 수 있었던 것에 흥미를 느꼈기 때문이리라.

한데, 술에 취한 도시 같다고 표현한 그곳을 못내 떨치지 못하는 이유는 무엇일까. 그 무엇이 내 마음을 잡고 놓아주질 않는 것일까. 여하튼 나는 한동안 지독한 뉴욕 병에 걸려 그곳을 잊지 못하고 몹시 그리워할 것 같다는 생각이다. 단기간이었지만 자유여행의 묘미를 충분히 즐겼다.

나는 속물이야

김영애 지음

발행처 도서출판 청어
발행인 이영철
영업 이동호
홍보 천성래
기획 남기환
편집 방세화
디자인 이수빈 | 김영은
제작이사 공병한
인쇄 두리터

등록 1999년 5월 3일
(제321-3210000251001999000063호)

1판 1쇄 발행 2023년 11월 30일

주소 서울특별시 서초구 남부순환로 364길 8-15 동일빌딩 2층
대표전화 02-586-0477
팩시밀리 0303-0942-0478
홈페이지 www.chungeobook.com
E-mail ppi20@hanmail.net
ISBN 979-11-6855-181-7(03810)

본 도서는 충청남도, 충남문화관광재단의 후원으로 발간되었습니다.